Die Akte Bernstein

Matthias Unverdorben

Die Akte Bernstein

„Die Menschen sind in drei Kategorien unterteilt: diejenigen, die sich nicht bewegen, die die sich bewegen können und diejenigen, die bewegen."

Benjamin Franklin

Bibliografische Informationen der deutschen Nationalbibliothek:

Die deutsche Nationalbibliothek verzeichnet diese Publikation in der Deutschen Nationalbibliografie; detaillierte bibliografische Daten sind im Internet über http://dnb.dnb.de abrufbar.

© 2023 Matthias Unverdorben

Herstellung und Verlag: BoD - Books on Demand, Norderstedt

ISBN: 9783743151949

Inhalt

Kapitel 1 11

Kapitel 2 31

Kapitel 3 51

Kapitel 4 65

Kapitel 5 75

Kapitel 6 91

Kapitel 7 103

Kapitel 8 111

Kapitel 9 119

Kapitel 10 129

Kapitel 11 145

An dieser Stelle möchte ich mich bei Monika Sintram – Meyer, Autorin von **Smartphone & Co – Helfer im Alltag - Ein digitales Tagebuch**, *für ihre konstruktiv kritischen Worte zu meinen bisherigen Büchern sowie ihre Unterstützung beim Lektorat dieser Krimigeschichte bedanken.*

Kapitel 1

Es war ein sonniger Junimorgen, als sich Matthew mit seinem Rennrad auf den zirka fünfundvierzigminütigen Weg von West Seattle zur Fakultät machte. Wegen einer Baustelle musste er an diesem Morgen allerdings einen Umweg über die California Street machen. Wobei er an einer kleinen unscheinbaren Anwaltskanzlei vorbeikam und an deren Eingangstür ein Schild mit der Aufschrift, „Aushilfe gesucht" entdeckte. Matthew stoppte augenblicklich, schaute auf die Uhr, schloss sein Rad an der Straßenlaterne an und betrat die Kanzlei. Drinnen war es dunkel und roch alt und muffig. Überall standen Kartons mit Akten. „Wie kann ich dir helfen, Junge?", fragte eine Stimme aus dem hinteren Teil des Raumes. Matthew kniff die Augen etwas zusammen und konnte jemand hinter einem großen, etwas in die Jahre gekommenen Schreibtisch sitzen sehen und ging zu ihm. „Guten Morgen Sir, ich habe Ihr

Schild an der Tür gesehen. Sie suchen also eine Aushilfe?"

„War das eine Frage oder eine Feststellung?"

„Ja."

„Ja was?"

„Das war eine Frage?"

„Warum interessiert dich das?" Ich studiere Jura, bin kurz vor dem Staatsexamen, hab das Schild gesehen und wollte fragen, ob ich bei Ihnen anfangen kann."

Du studierst also Jura. Warum?"

„Weil ich an Gerechtigkeit glaube." Woraufhin der rundliche, grauhaarige alte Mann hinter dem Schreibtisch sofort laut zu lachen anfing, „Ein Idealist, der noch an Gerechtigkeit glaubt."

„Was gibt es denn da zu lachen, Sir?", fragte Matthew genervt.

„So etwas wie Gerechtigkeit gibt es in unserer Welt nicht ganz einfach. Ich mache das nun schon seit dreißig Jahren, und ich habe noch nicht einmal erlebt, dass es in einem Gerichtssaal Gerechtigkeit gegeben hat."

Matthew senkte den Kopf, „Ich weiß, ich habe es selbst erlebt. Und um das zu ändern will ich Anwalt werden."

„Junge, ich gehe mal davon aus, dass dir der Begriff Gewaltenteilung bekannt sein dürfte."

„Natürlich, Sir", unterbrach ihn Matthew etwas überheblich.

„Gut, dann hast du aber scheinbar nichts verstanden."

„Wieso nicht?"

„Es gibt drei Formen der Gewaltenteilung richtig?"

„Ja." Der rundliche alte Mann beugte sich etwas nach vorn, legte sein Kinn auf die abgestützten Hände ab, schaute Matthew grinsend an und fragte, „Die da wären?"

„Ist das ihr Ernst?"

„Ja."

„Verteilung der Gesetzgebung (Legislative), der Gesetzesausführung (Exekutive) und der Gerichtsbarkeit (Judikative) auf drei verschiedene Staatsorgane, nämlich auf das Parlament, auf die Regierung und auf eine unabhängige Richterschaft."

„Gut Matthew, aber dann erkläre mir doch einmal, wie das funktionieren soll mit der Gerechtigkeit? Der deutsche Dichter Friedrich Schiller hat es sehr treffend formuliert,

„Wehe dem armen Opfer, wenn derselbe Mund, der das Gesetz gab, auch das Urteil spricht."

„Die sogenannten drei Formen der Gewaltenteilung werden vom Staat kontrolliert. Natürlich versucht man dem Pöbel weiszumachen, dass es immer demokratisch zugeht. Das ist allerdings nicht so." Matthew schaute den Alten an, überlegte kurz und antwortete mit einem zufriedenen Lächeln, „Sie haben recht Sir, das kann nicht funktionieren. Deshalb auch der Spruch, dass „Recht haben und Recht bekommen zwei Paar Schuhe sind."

„Richtig und genau da kommen wir ins Spiel. Wir sind dafür da, die Schlupflöcher des Systems zu finden und sie vor Gericht für unsere Mandanten zu nutzen." Der alte grauhaarige Mann streckte daraufhin die Hand aus und sagte, „Okay Matthew, ich bin John Melon. Du hast den Job. Aber von jetzt an ist das hier deine Bibliothek und der Gerichtssaal deine Schule. Zur Uni gehst du nur noch für Prüfungen. Alles andere erledigst du hier oder zu Hause."

„Alles klar Sir, abgemacht."

„Gut dann fangen wir an. Ich habe heute Nachmittag noch eine Verhandlung bei Gericht. Da vorne ist dein Schreibtisch. Der Kram darauf ist von deiner Vorgängerin. Ihr Name war Marcy, aber sie kam irgendwann nicht mehr zur Arbeit.

„Was mache ich mit ihren Sachen?", fragte Matthew, vor seinem neuen Arbeitsplatz stehend."

„Was du nicht gebrauchen kannst, packst du in einen Karton und bringst ihn in den Keller. Danach kopierst du die Akte hier. Und wenn du damit fertig bist, kannst du hier ein bisschen Ordnung machen."

„Und was machen Sie, Sir?" „Das zeige ich dir, wenn wir im Gerichtssaal sind", und so fing Matthew an Kopien zu machen und Ordnung zu schaffen. Am Nachmittag ging es dann ins Gericht. Als Matthew mit John vor dem grauen quaderförmigen Gerichtsgebäude stand, fragte Matthew, „Weswegen sind wir eigentlich hier?" „Hast du die Akte etwa nicht gelesen, Matthew?"

„Nein."

„Wenn du Anwalt werden willst, solltest du die Sache auch ernst nehmen und dich auf deine Fälle richtig vorbereiten. Ansonsten wirst du am Ende so, wie fünfundneunzig Prozent deines Berufsstandes."

„Wie sind denn die fünfundneunzig Prozent?", fragte Matthew etwas hochmütig. „Desinteressiert. Sie schreiben sich auf die Fahne, dreißig Jahre Erfahrung in diesem oder jenem zu haben. Interessieren sich am Ende aber nur für ihre Schecks und die Wahrung des schnellen Rechtsfriedens."

„Was bedeutet schneller Rechtsfrieden?" „Das kannst du selbst herausfinden, du hast ja jetzt genug Zeit."

„Wie? Ich denke wir gehen ins Gericht?"

„Was willst du denn im Gerichtssaal Matthew? Du bist nicht vorbereitet. Du kennst nicht einmal die Akte. Also gib Sie mir und geh nach Hause. Wir sehen uns morgen." Melon nahm ihm die Akte aus der Hand und verschwand im Gerichtsgebäude. Matthew hingegen stand nur da und wusste nicht, was er machen sollte. Da er aber die Sache so nicht akzeptieren wollte, wartete er einen Moment und folgte dann John Melon ins Gebäude. An der Eingangsinformation angekommen schaute er auf die große Tafel und sagte, „Hallo Sir, ich habe mich etwas verspätet, ich arbeite für Rechtsanwalt John Melon. Er ist hier im Fall Miller gegen die Stadt Spokane. Die Verhandlung findet im Gerichtsaal 135 statt."

Der große schwarze Wachmann hinter dem Tresen stand auf, grinste und antwortete, „John sagte, dass du wahrscheinlich hier auftauchen würdest. Ich soll dir ausrichten, du sollst nach Hause gehen und morgen pünktlich im Büro erscheinen." Matthew drehte sich daraufhin um und verließ das Gerichtsgebäude. Nachdem er am nächsten Morgen in der Kanzlei erschienen war, sagte er, „Den Rechtsfrieden wahren bedeutet für

Richter und auch mache Anwälte das, wenn alle zufrieden sind. Es ist ein guter Kompromiss, sogenannte 50/50 Deals. Machen wenig Arbeit und gehen schnell. So hat der Richter mehr Zeit zum Golfen und die Anwälte schnelles Geld. Die Sache hat nur einen Hacken, diese 08/15 Lösungen sind in den meisten Fällen zum Nachteil des Geschädigten. Das meinten Sie gestern."

John Melon schaute Matthew daraufhin zufrieden lächelnd an und antwortete, „Dann hat es ja etwas gebracht, dich nach Hause zu schicken. Die Verhandlung wurde gestern übrigens vertagt. Das heißt, du hast jetzt drei Tage Zeit, dich mit dem Fall vertraut zu machen."
In den nächsten drei Tagen beschäftigte Matthew sich ausgiebig mit der Akte. Es ging um das angebliche Fehlverhalten einer Mitarbeiterin der Stadt. Matthew studierte die Aussagen und stellte dabei viele Widersprüche fest.

„Na, bist du vorbereitet?", fragte John am Prozesstag.

„Ja, und mir sind auch einige Sachen aufgefallen."

„Okay, und welche?"

„Die Vorwürfe ihres Vorgesetzten sind alle haltlos. Eigentlich hat die Frau der Stadt mit ihrer Entscheidung einen Gefallen getan."

„Interessant, mal sehen, wie das der Richter sieht."

„Weißt du, was ich nicht verstehe, John?" „Was verstehst du denn nicht?"

„Ich verstehe nicht, warum der Vorgesetzte das macht. Mir kommt es so vor... doch dann unterbrach ihn John, „Genug jetzt, schau, da kommt Miss Miller."

„Hallo Miss Miller, wie geht es Ihnen heute."

„Danke, sehr gut, Mister Melon. Aber wer ist der junge Mann an ihrer Seite?"

„Das ist Matthew Pure, er ist Rechtsanwaltsanwärter in meiner Kanzlei und wird uns heute begleiten."

„Hallo Matthew."

„Hallo Miss Miller."

John schaute auf seine Uhr und sagte, „So, nachdem wir uns nun bekannt gemacht haben, sollten wir hineingehen. Miss Miller, Sie achten bitte darauf, nur kurz und knapp auf gestellte Fragen zu antworten. Am besten nur mit Ja oder Nein."

„Alles klar, Mister Melon." Im Gerichtssaal angekommen, eröffnete Richter Burton ohne viel Tamtam die Sitzung, „Mündlich verhandelt wird heute der Fall Miller gegen die Stadt Spokane. Als Prozessbevollmächtigter der Klägerin ist Anwalt John Melon anwesend. Als Prozessbevollmächtigter für die Gegenseite ist die Rechtsabteilung der Stadtverwaltung Spokane anwesend. Darüber hinaus stelle ich fest, dass die Klägerin Miss Miller ebenfalls anwesend ist. Und wer ist der junge Mann neben Ihnen, Mister Melon?"

„Das ist Matthew Pure, er ist Rechtsanwaltsgehilfe in meiner Kanzlei, Richter Burton."

„Auch gut; fahren wir also fort. Wie nach Aktenlage festgestellt, wurde die Klägerin aufgrund von angeblicher Vorteilsnahme von ihrem Posten in der Stadtverwaltung Spokane suspendiert. Hierzu liegt dem Gericht jetzt eine Erklärung des zuständigen Vorgesetzten vor, aus der hervorgeht, dass Miss Miller ihre Position dafür genutzt haben soll, sich persönliche Vorteile bei einem Grundstücksverkauf der Stadt Spokane verschafft zu haben."

„Haben Sie diese geprüft, Mister Melon?" „Ja, Euer Ehren, habe ich. Und weise diese zurück, weil sie haltlos sind. Es ist richtig, dass meine Mandantin den Verkauf an einen privaten Investor gestoppt und das Grundstück danach an einen anderen Investor verkauft hat. Damit hat meine Mandantin der Stadt Spokane aber nicht geschadet oder sich persönliche Vorteile verschafft, wie von ihrem Vorgesetzten behauptet. Sondern der Stadt zusätzliche Einnahmen in Höhe von 25000 Dollar beschert. Vielmehr ist davon auszugehen, dass ihr Vorgesetzter, Mister Jackson, nur einen Grund gesucht hat, meine Mandantin, die auch wie er für das Bürgermeisteramt kandidiert, vorzeitig als

Konkurrentin loszuwerden. Außerdem haben wir festgestellt, dass hier vonseiten des Vorgesetzten ein Interessenkonflikt vorliegt."

„Wie darf ich das Verstehen?", unterbrach ihn der Richter.

„Ganz einfach, Euer Ehren. Bei dem Käufer, den meine Mandantin abgelehnt hat, handelt es sich um den Hauptsponsor der Wahlkampagne ihres Vorgesetzten Mister Jackson. Und somit gehe ich davon aus, dass es hier wohl eher um die Interessen des Mister Jackson geht als um die Interessen meiner Mandantin." Woraufhin sich Richter Burton der Gegenseite zuwandte und fragte, „Möchten Sie sich vielleicht dazu äußern?" Doch da außer ein paar Ausflüchten von der Gegenseite nichts Handfestes kam, meinte Richter Burton, „Nachdem ich mir nun ein Bild über die ganze Sache machen konnte, ergeht folgender Beschluss: Die Suspendierung von Miss Miller ist mit sofortiger Wirkung aufzuheben. Der Verdienstausfall von zwei Monaten in Höhe von 5000 Dollar ist ihr in voller Höhe zu erstatten. Darüber hinaus verhänge ich ein Ordnungsgeld in Höhe von 500 Dollar gegen die Stadt Spokane wegen Irreführung des Gerichts. Die Kosten des Verfahrens gehen ebenfalls zu Lasten der Stadtkasse Spokane."

John schaute Matthew an und sagte, „Da hast du deine Gerechtigkeit. Aber wenn du glaubst, dass Mister Jackson etwas daraus gelernt hat, dann bist du auf dem Holzweg." Zurück in der Kanzlei trat John an den großen, schwarzen Schrank hinter seinem Schreibtisch, holte zwei Gläser und eine Flasche Whiskey heraus und stellte sie auf den Schreibtisch. Danach trat er abermals an den Schrank, drückte einen kleinen, als Holzverzierung getarnten Knopf. Woraufhin sich eine kleine Schublade öffnete, in der eine Akte lag. Er holte diese heraus, legte sie ebenfalls auf den Tisch und rief, „Matthew, komm mal zu mir." Matthew, der gerade an seinem Schreibtisch ein bisschen Ordnung machte, folgte der Aufforderung und gesellte sich zu John. Dieser forderte ihn mit einer Handbewegung auf, Platz zu nehmen und meinte, „Lass uns auf unseren heutigen Erfolg anstoßen." Er reichte Matthew ein Glas und prostete ihm mit einem „cheers" zu. Was Matthew erwiderte und sagte, „Ich hoffe, wir beschäftigen uns auch einmal mit einem richtigen Fall. Denn auf Dauer wäre mir dieser Verwaltungskram zu langweilig." John lachte nur, doch als Matthew die Akte auf dem Tisch entdeckte und diese mit den Worten, „Ist das unser neuer Fall?", an sich nehmen wollte, schrie John, „Fass die Akte nicht an." Woraufhin Matthew zusammen zuckte und fragte, „Warum nicht, was ist das Problem,

John?" John schaute ihn mit einem ernsten väterlichen Blick an und meinte, „Das Problem ist, dass du dafür noch nicht bereit bist, Matthew."

„Wieso nicht bereit?", fiel Matthew ihm ins Wort.

„Weil das hier eine ernste Sache ist, wobei Menschen bereits zu Schaden gekommen sind. Und die Leute, die das zu verantworten haben, korrupt und skrupellos sind. Mach jetzt Feierabend, Matthew und geh nach Hause. Ich habe noch ein paar Sachen zu klären; wir sehen uns morgen in alter Frische."

„Ja aber...", doch bevor Matthew seinen Satz beenden konnte, winkte John ab und zeigte auf die Tür. Nachdem er das Büro verlassen hatte, öffnete John die Akte und griff zum Telefon, „Hallo John, was gibt es?"

„Hallo Tom, wir haben ein Problem."

„Was ist los, geht es um den Fall?

„Ja Tom. Sie hat mich gestern angerufen."

„Sei vorsichtig, John, ich habe etwas herausgefunden. Sie scheint nicht die zu sein, für die sie sich ausgibt. Ich schlage vor, dass wir uns treffen und ihr dann ein bisschen auf den Zahn fühlen. Bei dem, was ich bisher über sie und den Konzern herausgefunden habe, denke ich, dass wir alle in Gefahr sind. Allerdings bin ich nicht in Laguna Beach, sondern gerade in Britisch-Kolumbien in meiner Blockhütte am Day Lake. Die

Adresse hast du ja." John Melon überlegte kurz und fragte dann, „Was hast du herausgefunden?"

„Darüber möchte ich mit dir nicht am Telefon sprechen."

„Okay Tom, ich werde mich mit ihr in Verbindung setzten und denke, dass wir in zwei oder auch drei Tagen bei dir sein werden."

„Alles klar John, halte mich einfach auf dem Laufenden und sei vorsichtig. Ich traue ihr nicht mehr über den Weg."

„Das mache ich Tom, mach dir keine Sorgen ich denke, dass sich alles aufklären wird." Nachdem die beiden das Gespräch beendet hatten, blätterte John noch einmal in der Akte und griff erneut zum Telefon, „Ja, hier ist John Melon; Sie müssen etwas für mich erledigen." „Alles klar, Mister Melon, worum geht es?" fragte eine Männerstimme am anderen Ende. Nachdem John dem Herrn am Telefon gesagt hatte, worum es geht, beendete er das Gespräch mit den Worten, „Alles klar, ich mache mich gleich auf den Weg.", legte auf, schnappte sich die Akte und seinen Autoschlüssel, stieg in den schwarzen Land Rover SUV, der in seiner Einfahrt vor Kanzlei parkte, und fuhr davon. Sein Weg führte ihn auf der Fünf über Bellingham und Ferndale zur Grenzübergangsstelle nach Blaine. Kurz vor der Grenzübergangsstelle klingelte auf einmal sein Telefon, „John Melon hier, was gibt's?"

Die Frauenstimme am anderen Ende wirkte sehr aufgeregt.

„Beruhigen Sie sich, wir müssen uns sowieso treffen. Packen Sie ein paar Sachen ein, gehen Sie in ein Hotel, und warten Sie auf meinen Anruf. Ich habe bereits mit meinem Kontaktmann gesprochen. Ja, ich melde mich bei Ihnen," und legte auf. Den Grenzübergangspunkt Blaine passierte er, bis auf eine kurze Passkontrolle, unkompliziert. Danach ging es weiter nach Vancouver, wo er kurz darauf ankam. Er parkte seinen Land Rover neben dem Trump Gebäude und betrat die Filiale der National Bank of Canada. Dort traf er sich kurz darauf mit einem Herrn und gab ihm die Akte mit den Worten, „Alles wie besprochen." Nachdem er dies erledigt hatte, machte er sich wieder auf den Heimweg.

Als Matthew am nächsten Morgen an der Kanzlei erschien, wurde er dort bereits von zwei Polizeiwagen und einem Krankenwagen begrüßt. Er ließ das Rad fallen und rannte in die Kanzlei. „Was ist hier los? Was ist hier passiert?", schrie er, nachdem er John an einen Stuhl gefesselt auf dem Boden liegen sah. Überall war Blut. Eine dunkelhäutige Frau in schwarzem Hosenanzug und roten Manolos kam daraufhin aus dem hinteren Teil des Raumes auf ihn zu, „Hallo ich bin Lt. Jackson und das dort ist mein Kollege Lt. Becker. Dabei zeigte sie auf einen in Jeans, einem weißen Hemd und mit schwarzem Mantel gekleideten Mann im hinteren Teil des Raumes. Dieser sprach gerade mit einem Mitarbeiter der Gerichtsmedizin, wobei er sich Notizen auf einem kleinen Block machte.

„Darf ich fragen, wer Sie sind?", fragte Lt. Jackson. Matthew der fasziniert auf die mit stechend rotem Lipgloss überzogenen Lippen von Lt. Jackson starrte, stammelte daraufhin nur, „Ich, ich bin Matthew Pure und arbeite für Mister Melon. Was ist hier passiert?"

Lt. Jackson schaute auf die Leiche und sagte, „Wir gehen davon aus, dass John Melon von der Mafia ermordet wurde.

„Von der Mafia?", fragte Matthew verwundert. Was sollte John mit der Mafia zu tun haben?" „Das kann ich Ihnen sagen. Er war als Anwalt für die Zampano Familie tätig. Wissen Sie etwas darüber?" Matthew runzelte die Stirn und fragte, „Zampano Familie? Nein. Zuletzt hatten wir mit einem Fall vor dem Verwaltungsgericht zu tun." Lt. Jackson schaute Matthew prüfend an und sagte dann, „Dann werde ich Sie mal aufklären. Francesco Zampano kam als Fünfjähriger 1954 mit seinen Eltern nach Amerika. Nachdem er mit 13 die Schule abgebrochen hatte, widmete er sich fortan dem organisierten Verbrechen. Unter dem Deckmantel eines seriösen Unternehmers eröffnete er später in Little Italy mehrere Restaurants, eine Fleischerei und zwei Backstuben. Wir gehen davon aus, dass er diese nur nutzt um das Geld aus Drogen, Prostitution und Schutzgeld Erpressung zu waschen."

„Ja, aber was hat John damit zu tun gehabt?", fiel Matthew ihr ins Wort.

„Das kann ich Ihnen sagen. Wir gehen ebenfalls davon aus, dass Francesco Zampano ihn ermorden ließ, da er sich nicht mehr an Abmachungen hielt. John vertrat die Zampano Familie über Jahre erfolgreich in Gerichtsprozessen. Wie lange arbeiten Sie schon für John Melon?"

„Seit zirka zwei Wochen. Wieso?"

„Hat er Ihnen mal von seiner Familie erzählt?" Matthew schaute Lt. Jackson daraufhin nur fragend an, „Familie? John hat Familie?" „Hatte. Er hatte eine Frau und zwei Töchter - Zwillinge. Es ist jetzt fünf Jahre her, seitdem seine Frau und die beiden Töchter tot sind." „Was ist mit ihnen passiert?", fiel ihr Matthew erneut ins Wort. „Seine Frau war mit den beiden Zwillingen von einer Schulaufführung auf dem Weg nach Hause, als sie ein betrunkener Autofahrer auf der Freeway Auffahrt rammte und ihr Auto über die Leitplanken drückte. Das Auto stürzte zwanzig Meter in die Tiefe und ging sofort in Flammen auf. Alle drei verbrannten bei lebendigem Leib im Auto.

Der betrunkene Autofahrer wurde dann wegen Alkohol am Steuer angeklagt. Allerdings ließ das Gericht Milde walten. Das Ganze wurde als Körperverletzung mit Todesfolge ausgelegt. Böse Zungen behaupten, dass es daran lag, dass er der Sohn einer Richterin war. Der prozessführende Richter verurteilte den damals erst Siebzehnjährigen daraufhin zu zwei Jahren Jugendgefängnis und setzte die Strafe zur Bewährung aus. Zwei Wochen später fand man den Jungen in den Überresten seines Wagens in der Nähe des Flusses. Er war bis zur Unkenntlichkeit verbrannt.

Man konzentrierte sich sofort auf John Melon. Der hatte allerdings ein Alibi für die Tatnacht. Laut Aussage von Francesco Zampano persönlich war John in der Nacht mit Ihm in der Toskana. Die Polizei überprüfte das Alibi, konnte aber nichts Gegenteiliges beweisen."

„Das ist ja alles schön und gut Lt.; aber warum hat er ihn dann umgebracht?"

„Wir denken, dass er sich geweigert hat Stefano Spadoni zu verteidigen."

„Stefano Spadoni?"

„Ja, er ist die rechte Hand von Francesco und erledigt die Drecksarbeit für Ihn. Auf sein Konto gehen dutzende Morde. Allerdings konnte man ihm bisher nichts nachweisen, weil John Melon jeden Prozess wegen Formfehlern oder Befangenheit von Polizei und Staatsanwaltschaft zu Fall brachte. Er schaffte es immer wieder, Dinge so darzustellen, dass sie zum Nachteil der Justiz verliefen. Na ja", dabei schaute sie etwas abfällig auf den Leichnam und meinte überheblich, „Aber am Ende hat es ihn dann auch nur kalt erwischt."

„Wie geht es jetzt weiter Lt.?"

„Ganz einfach. Die Leiche kommt in die Gerichtsmedizin, wir schreiben unseren Bericht und legen die Akte beiseite."

„Wie? Sie legen die Akte beiseite? Hier ist ein Mord passiert."

„Ihr Freund Melon hat Kriminellen dazu verholfen, mit Mord davonzukommen."

„Na, das ist ja mal wieder typisch für die Polizei", fiel ihr Matthew ihr erneut ins Wort. „Sie rechtfertigen eigenes Fehlverhalten mit dem Fehlverhalten von anderen. Jetzt sage ich Ihnen mal was, Lt. Jackson; mit der Einstellung brauchen Sie sich auch nicht wundern, wenn Sie im Gerichtssaal ständig von Anwälten wie John Melon gefickt werden, und wenn Sie hier nichts weiter zu ermitteln haben, dann packen Sie ihren Kram zusammen und verschwinden Sie." Lt. Jackson schaute

Matthew an, und sagte mit einem schroffen Ton, „Jetzt sage ich Ihnen mal was, Sie kleiner Anwaltsgehilfe. Das hier ist ein Tatort und ich entscheide, wann hier wer verschwindet. Und bis wir hier alles wieder freigegeben haben, halten Sie sich von der Kanzlei fern." Matthew schaute sich noch einmal um und verließ wortlos die Kanzlei.

In den nächsten zwei Wochen konzentrierte er sich erst einmal auf seine bevorstehende Prüfung vor der Anwaltskammer. Und dann war es auch schon so weit.

Kapitel 2

Bereits um fünf Uhr erwachte Matthew an diesem wichtigen Morgen. Er ging ins Wohnzimmer, setzte sich auf die Couch, betrachtete den Anzug, der am Kleiderständer hing, schaute auf das Bild seiner Mutter auf dem Beistelltisch neben dem Fernseher und sagte, „Heute ist es so weit Mama, heute werde ich dich stolz machen." Im Anschluss machte er sich einen Kaffee und ging ins Bad.

Als alles erledigt war, schnappte er sich sein Rad und fuhr zur Anwaltskammer. Dort angekommen, überprüfte eine junge Dame seine Personalien und führte ihn dann in einen Raum, wo der Prüfungsausschuss, bestehend aus zwei Männern und einer Frau, bereits auf ihn warteten.

Die Prüfung dauerte zirka eine Stunde. Nachdem Matthew die ihm gestellten Fragen zur Zufriedenheit beantwortet hatte, verkündete die Dame, dass Matthew bestanden hat. Als Matthew das Gebäude wieder verlassen hatte, blickte er nach oben in den strahlend blauen Himmel, lächelte und sagte, „Es ist vollbracht Mama, vor dir steht ein frisch gebackener Anwalt.", schnappte sich sein Rad und fuhr zum Pocket Beach. Dort setzte er sich auf eine Bank, genoss den Ausblick auf die Elliott Bay und beobachtete ein paar Kids beim Spielen im Wasser. Wieder zu Hause angekommen, holte er mal wieder seine Post aus dem Briefkasten, ging über die schmale Holztreppe nach oben in seine Wohnung, nahm sich ein Bier aus dem Kühlschrank und sortierte die Post über dem Mülleimer, „Müll, Müll, Müll.", doch auf einmal stoppte er und betrachtete den Brief in seinen Händen. Er war von dem Notariat McCauley & Brooks aus Seattle. Matthew öffnete ihn und fing an zu lesen.

Sehr geehrter Mister Pure,

als Nachlassverwalter von Mister John Melon möchte ich Sie bitten, am Donnerstag, dem 22.07.2021 zur Testaments-Verlesung in meiner Kanzlei zu erscheinen.

Mit freundlichen Grüßen

Connor McCauley

Notariat McCauley & Brooks

„Am zweiundzwanzigsten?", wiederholte Matthew und schaute dabei auf sein Handy. „Das ist ja schon in zwei Tagen. Ich sollte öfter meine Post aus dem Briefkasten holen." Er legte den Brief auf den Küchentresen, nahm sich noch ein Bier, setzte sich auf die Couch, griff zur Fernbedienung und schaltete den Sportkanal ein. Doch irgendwie war ihm nicht nach Fernsehen und so schnappte er sich ein Glas und die angefangene Flasche Whiskey aus dem Regal. Dabei fiel ihm das Bild seiner Mutter auf. Er griff das Bild mit der anderen Hand und ging ins Bad. Dort stellte er das Bild auf das Fensterbrett, drehte das Wasser auf, goss sich das Glas voll, zog sich aus und legte sich mit einem entspannten Seufzer in das warme Wasser.

Während die Wanne volllief, betrachtete er das Bild seiner Mutter und dachte an die letzten Worte als sie seine Hand nahm und sagte, „Matthew, ich bin stolz auf dich, und du wirst sicher mal ein guter Anwalt werden. Das werde ich leider nicht mehr erleben und deshalb musst du mir eins versprechen", kurz stoppte, seine Hand nahm und fortfuhr, „Egal welche Erfolge dir das Leben noch bringen wird, lass dich niemals vom Geld leiten und vergiss nicht, wo du herkommst."

Einen Monat später erlag sie ihrem Herzleiden. Während Matthew über die Worte nachdachte, rollten ihm auf einmal ein paar Tränen über sein Gesicht. Er trank sein Glas leer, nahm die Flasche, die neben der Wanne stand, hielt sie in Richtung des Bildes seiner Mutter und sagte, „Auf dich Mama, du warst immer für mich da; ich werde dich niemals vergessen. Und ich verspreche dir, auch nie zu vergessen, wo ich herkomme." Irgendwann war die Flasche leer und Matthew schlief, mit einem Arm aus der Wanne hängend und immer noch die Flasche festhaltend, ein. Am nächsten Morgen setzte er sich telefonisch mit dem Notariat in Verbindung, bestätigte den Termin und konzentrierte sich dann darauf, etwas über Francesco Zampano zu erfahren. Allerdings erst einmal wenig erfolgreich. Doch das sollte sich ändern, als Matthew zwei Tage später beim Notar in der Carney Street Nummer 21143 auftauchte.

Doch als der Notar, ein großer, kräftiger Mann, Matthew mit einem „Hallo Matthew, ich bin Connor McCauley.", in seinem riesigen Büro mit einem Handschlag begrüßte, fiel Matthew sofort der goldene, mit einem grünen Saphir bestückte Siegelring auf. Den gleichen Ring hatte er auch schon bei John gesehen. Connor bot Matthew mit einer Handbewegung einen Platz auf der aus stumpfem, braunem Rindsleder gefertigten Couch an und fragte, „Darf ich dir etwas zu trinken anbieten. Einen Scotch vielleicht?" Was Matthew, der immer noch fasziniert das Büro betrachtete, nur mit einem beiläufigen, „Ja gerne", beantwortete.

Nachdem Connor die Drinks auf dem kleinen Marmortisch abgestellt hatte, zog er sich einen Sessel heran, setzte sich ebenfalls und sagte, „Als erstes Matthew, möchte ich Ihnen sagen, dass es mir leidtut, was mit John passiert ist. Er war immer ein guter Freund für mich. Wenn es Ihnen recht ist, werde ich das ganze deshalb hier ein bisschen lockerer gestalten, als es sonst üblich ist. Diesbezüglich würde ich Ihnen auch gerne das Du anbieten, wenn das für dich okay ist?" Matthew, der immer noch von dem riesigen Büro beeindruckt war, nickte bejahend und meinte daraufhin nur, „Connor, ihr Büro ist größer als mein Appartement."

Connor lachte daraufhin und antwortete, „Schön, dass es dir gefällt Matthew. Doch kommen wir jetzt erst einmal zum Geschäftlichen. John ist scheinbar davon ausgegangen, dass du deine Zulassung als Anwalt erhältst und hat dir seine Kanzlei vermacht."

„Wie bitte?", fiel Matthew ihm ins Wort.

„Ja, du hast richtig gehört. Diesbezüglich möchte ich dich auch darauf hinweisen, dass John das Haus, in dem sich nicht nur die Kanzlei, sondern im Obergeschoss auch noch eine Wohnung befindet, ebenfalls gehörte und nun alles dein Eigentum ist. Darüber hinaus hatte John ein Bankkonto bei der National Bank of Canada und ein Schließfach." Matthew starrte den Notar mit offenem Mund an und brachte nichts außer einem, „Warum?", heraus.

„Das kann ich dir nicht sagen, Matthew. Er rief mich einen Tag, nachdem du in der Kanzlei angefangen hattest, an und forderte mich auf, dieses Testament zu verfassen." Matthew überlegte kurz und fragte, „Wie gut kannten Sie John?" Connor schmunzelte daraufhin und antwortete, „Wie gut man einen Menschen nach fast 60 Jahren Freundschaft eben zu kennen glaubt. Warum fragst du mich das, Matthew?"

„Weil mich die ermittelnde Polizei über ein angebliches Doppelleben von John informiert hat, als ich am Morgen nach seiner Ermordung in der Kanzlei ankam."

„Du meinst doch nicht etwa Lt. Jackson und Becker. Die zwei waren auch schon hier, um mir mitzuteilen, dass John Opfer eines Gewaltverbrechens geworden ist, und wollten mich über John und Francesco Zampano aushorchen."

„Und was haben sie, entschuldige Connor, was hast du Ihnen geantwortet?"

Connor fing erneut an zu lachen, griff zu seinem Whiskey Glas, prostete Matthew zu und sagte, „Ich habe ihnen gesagt, dass ich ohne meinen Anwalt nichts sage. Und da dieser, wie ich gerade durch Sie, Lt. Jackson, erfahren habe, Opfer eines Gewaltverbrechens geworden ist, nicht um Rat fragen kann."

„Und wie haben sie darauf reagiert, Connor?" „Sie sind beleidigt abgezogen."

Matthew überlegte kurz und fragte dann, „Was weißt du über das Verhältnis von John und Francesco Zampano?"

Connor stellte sein Glas auf den Tisch und antwortete, „Matthew, ich denke, das sollte dir Francesco selbst erzählen. Ich habe für dich bereits ein Treffen mit ihm vereinbart."

„Du kennst ihn?"

„Ja natürlich. Wir drei, John, Francesco und ich sind im gleichen Stadtteil Columbia City aufgewachsen. Allerdings schlug Francesco einen etwas anderen Weg ein. Was unsere Freundschaft aber nicht belastete."

Matthew schaute Connor fragend an und sagte, „Lt. Jackson sagte mir, dass John und Francesco nur geschäftlich miteinander zu tun hatten, und er ihn immer wieder erfolgreich vor Gericht vertreten hat."

„Ja, natürlich hat er, das aber nur, weil diese dilettantischen Bullen immer versucht haben, ihre Akten schnell zu schließen, anstatt mal richtig zu ermitteln.

Ich denke, du solltest mit Francesco selbst reden. Du kannst ihn morgen in seiner Villa außerhalb der Stadt treffen; ein Auto wird dich vor der Kanzlei abholen. Hier sind die Schlüssel zur Wohnung und die der Kanzlei. Ich denke, die Wohnung wird dir gefallen."

„Da gibt es eine Wohnung?"

„Ja, das sagte ich bereits."

Matthew schaute Connor daraufhin etwas überfordert an und sagte, „Connor, nimm es mir nicht übel, aber du sagtest viel in den letzten anderthalb Stunden." Connor lächelte daraufhin und meinte, „Du solltest jetzt in die Wohnung fahren und dich etwas ausruhen."

„Ja, das sollte ich vielleicht."

Connor stand auf und sagte, „Matthew komm, ich bringe dich noch zur Tür. Ich werde dir in den nächsten Tagen alle erforderlichen Unterlagen zum Konto, Bankschließfach sowie das Testament zukommen lassen. Ach, und noch eins Matthew; ich habe heute erfahren, dass seine Leiche freigegeben wurde und habe mit Francesco entschieden, dass wir uns um seine Beerdigung kümmern werden. Diese wird am Samstag um vierzehn Uhr auf dem Lake View Friedhof stattfinden."

„Danke Connor, wenn ich euch bei irgendetwas helfen soll, gebt mir Bescheid."

„Nein, du kümmerst dich jetzt erst einmal um die Kanzlei. Darf ich dir noch eine Frage stellen?"

„Ja natürlich Connor."

„Was hast du jetzt vor, Matthew?"

„Ich werde den Mord an John aufklären und die Verantwortlichen vor Gericht bringen." Connor schaute Matthew daraufhin mit einem prüfenden Blick an, klopfte ihm freundschaftlich auf die Schulter und sagte, „Pass auf dich auf Matthew, wir sehen uns am Samstag."

Nachdem die beiden sich verabschiedet hatten, machte sich Matthew mit dem Rad auf den Weg zur Wohnung.

„Connor hat recht", dachte Matthew, als er die Wohnung, die nicht nur einen mit Panoramafenster verglasten Giebel, sondern noch eine zwanzig Quadratmeter Dachterrasse hatte, betrat - die nach Südwesten ausgerichtet war. Im Inneren befand sich ein großes Bad mit Dusche und Whirlpool, eine amerikanische Küche mit integriertem Wohnbereich sowie ein geräumiges Schlafzimmer. Matthew ging zum Kühlschrank, holte sich ein Bier raus, setzte sich auf die Dachterrasse, genoss den Sonnenuntergang und dachte über das Gespräch mit Connor nach.

Alles, was er ihm erzählt hatte, passte nicht zu der Version, die Ihm Lt. Jackson aufgetischt hatte. Nachdem er sich zwei weitere Bier gegönnt hatte, zog er sich seine Klamotten bis auf die Boxershorts aus und ließ sich im Schlafzimmer erschöpft aufs Bett fallen. Wo er am nächsten Morgen durch Gepolter, einem Schrei und der Frage, „Wer sind Sie und was haben Sie in Mister Melons Bett verloren?", von einer kleinen älteren Mexikanerin unsanft geweckt wurde. Erschrocken zog Matthew die Bettdecke hoch und fragte, „Ich wohne hier und wer sind Sie?"

„Ich bin Rosa, ich mache hier dreimal die Woche für John sauber. Ich war jetzt allerdings drei Monate in Mexiko. Was hat das alles zu bedeuten, und warum ist unten an der Kanzlei überall Absperrband der Polizei angebracht? Und warum geht John nicht an sein Handy?" Matthew fuhr sich mit beiden Händen mehrfach durch die Haare und antwortete, „Ich glaub das alles nicht. Ich brauche erst einmal einen Kaffee", stand auf und ging an Rosa vorbei in die Küche, schaltete die Kaffeemaschine an, schnappte sich seine, auf dem Boden liegenden, Klamotten und verschwand im Bad. Rosa schaute ihm nur fragend hinterher. Als er wieder aus dem Bad kam und sie gerade wieder was sagen wollte, hob er den Zeigefinger und sagte, „Nein. Jetzt rede ich. John geht nicht ans Telefon, weil er in seiner Kanzlei ermordet wurde. Ich arbeitete für John, habe gerade mein Jurastudium beendet und nur das Universum und John allein wissen, warum er mich als seinen Erben eingesetzt hat."

Matthew machte eine kurze Pause die Rosa sofort nutzen wollte. Doch Matthew hob erneut den Zeigefinger und meinte schnell, „Äh, ÄH, ÄH, ÄH, ich bin noch nicht fertig. Das heißt also, ich werde ab jetzt hier wohnen und die Kanzlei führen. Wenn Sie wollen, können Sie hier weiter arbeiten und sofort, nachdem ich mir einen Kaffee genommen habe und runter in die Kanzlei gegangen bin, mit ihrer Arbeit beginnen. Ich heiße Matthew." Danach schaute er sie fragend an. Worauf Rosa ihn liebevoll anlächelte und sagte, „Das mit John tut mir leid, und wenn er Sie Mister Matthew, als Erben eingesetzt hat, wird er seine Gründe haben. Er hatte eine gute Menschenkenntnis. Ich bin Rosa Gonzales, Mister Matthew, und ich würde gerne weiter für Sie arbeiten."

„Nicht Mister, einfach Matthew, und wenn du etwas brauchst Rosa, sag einfach Bescheid. Ich bin unten in der Kanzlei." Rosa begann daraufhin zu lächeln und antwortete, „Ja, Mister Matthew, so machen wir das."

Mit einem Lächeln und einem verständnislosen Kopfschütteln nahm Matthew seinen Kaffee, ging nach unten, setzte sich in Johns großen alten Ledersessel, schaute sich um und fragte sich selbst, „Was ist hier passiert; hat das etwas mit der Akte zu tun hat, die du mir nicht zeigen wolltest, John?" Dann nahm er den Telefonhörer ab und drückte auf Wahlwiederholung. Es klingelte viermal, bis sich eine aufgeregte Stimme mit den Worten, „John, Gott sei Dank, endlich meldest du dich; ich habe dich mehrfach angerufen. Was ist passiert, du wolltest doch mit ihr herkommen?" Matthew wartete einen Augenblick und fragte dann, „Wer ist dort?"

„Und wer sind sie?", fragte die Stimme am anderen Ende des Telefons.

„Mein Name ist Matthew Pure, ich bin Anwalt und arbeitete für Mister John Melon."

„Wo ist John? Und warum geht er nicht mehr an sein Telefon?"

„Das kann ich Ihnen sagen Mister, oh sorry, ich habe ihren Namen nicht richtig verstanden."

„Netter Versuch Kleiner. Das liegt wahrscheinlich daran, dass ich dir meinen Namen noch gar nicht genannt habe. Ich heiße Tom Nixon und bin freier Journalist. John wollte mich hier in Kanada wegen einer Sache persönlich aufsuchen."

„In Kanada?"

„Ja."

Nach einem kurzen Zögern meinte Matthew, „John ist tot, er wurde ermordet." Doch als Tom gerade nach dem Wie und Warum fragen wollte, klopfte es an der

Kanzlei-Tür. Durch das Glasfenster der Tür konnte Matthew eine Frau in schwarzem Businessanzug erkennen. Die nun bereits energischer an die Tür klopfte und rief, „John, bist du da? Mach auf, ich bin es Lara; wir müssen reden." Matthew meinte daraufhin zu Tom, „Ich melde mich wieder bei Ihnen, Tom. Eine Frau namens Lara steht vor der Tür und schlägt diese wahrscheinlich gleich ein, wenn ich nicht öffne." „Ja das ist...", doch bevor Tom seinen Satz zu Ende bringen konnte, hatte Matthew bereits den Hörer aufgelegt. Er ging zur Tür, öffnete diese und fragte etwas genervt, „Wer sind..." doch die junge Frau fiel ihm sofort ins Wort und fragte aufgeregt, „Wo ist Mister Melon und wer sind Sie?"

„Mein Name ist Matthew Pure, und wer sind Sie?"

„Ich bin Lara Bernstein. Ich muss dringend mit John sprechen." Doch dann hielt sie auf einmal inne, schaute Matthew prüfend an und fragte erneut, „Was machen Sie in Johns Kanzlei, und wo ist der eigentlich? Er geht auch nicht ans Telefon!" Matthew bot der Dame mit einer Handbewegung an, sich an den Schreibtisch zu setzten, setzte sich danach selbst und fing an, „Wie schon gesagt, mein Name ist Matthew Pure, ich bin Anwalt. Ich habe John vor zirka drei Monaten kennengelernt, als ich eines Morgens auf dem Weg zur Uni an seiner Kanzlei vorbeikam."

„Ja, aber wo ist John, und warum geht er nicht an sein verdammtes Telefon?", fiel Lara ihm wieder ins Wort.

„Er befindet sich in der Gerichtsmedizin. John ist tot."

„John ist tot?", unterbrach ihn Lara erneut. „Ja, und gestern habe ich durch einen Notar erfahren, dass er mich als Erben eingesetzt hat und mir das alles hier vermacht hat. Fragen Sie mich jetzt nicht nach dem Warum." Matthew schaute die sichtlich verstört wirkende Lara an und fragte, „Möchten Sie einen Drink?"

„Ja bitte, Scotch doppelt." Matthew stand auf, ging an den großen Schrank, der sich hinter dem Schreibtisch an der Wand befand, und holte zwei Gläser und eine Flasche Scotch heraus. Wobei er sich auf einmal an das letzte Gespräch mit John und der mysteriösen Akte auf seinen Schreibtisch erinnerte.

Er stellte die Gläser und die Flasche auf den Tisch, ging zurück zum Schrank, öffnete diesen erneut, entdeckte dabei an der Seite einen kleinen abgegriffenen Holzknopf und drückte diesen. Auf einmal öffnete sich wie von Geisterhand eine kleine Schublade, was Matthew sofort mit einem, „Das gibt es doch nicht", kommentierte.

„Was gibt es nicht?", wollte Lara wissen.

„Kommen Sie her, ich zeige es Ihnen." Lara stand auf und ging zu Matthew. Dieser zeigte auf die kleine versteckte Schublade und meinte, „Dieser Tag wird ja immer besser. Erst steht heute Morgen eine kleine ältere Mexikanerin namens Rosa in meinem Schlafzimmer. Dann tauchten Sie völlig hysterisch in meinem Büro auf."

„Hysterisch?", fiel ihm Lara etwas echauffiert ins Wort.

„Ja, hysterisch, und jetzt das."

„Aber die Schublade ist leer", sagte Lara.

„Das sehe ich auch, aber ich glaube ich weiß, was da drin war."

„Was?", fragte Lara neugierig.

„Eine Akte. Am Tag vor Johns Tod haben wir nach einem gewonnenen Rechtsstreit, genau wie wir, hier gesessen und etwas getrunken. Auf dem Tisch lag eine Akte. Doch als ich diese an mich nehmen wollte, ist John ausgerastet. Am nächsten Morgen war er tot."

Lara schaute Matthew mit einem fragenden Blick an, „Matthew, Sie haben mir noch gar nicht erzählt, wie er gestorben ist?"

„Er wurde brutal ermordet. Man hatte ihn hier in seiner Kanzlei an einen Stuhl gefesselt, zusammengeschlagen und dann erschossen. Die Schüsse haben wohl die Nachbarn gehört und die Polizei gerufen. Auf jeden Fall waren diese da, als ich am nächsten Morgen in der Kanzlei auftauchte. Seine Beerdigung ist am Samstag um vierzehn Uhr auf dem Lake View Friedhof. Aber kommen wir jetzt mal zu Ihnen, Miss Lara. In welchem Verhältnis stehen Sie zu John."

Lara schaute ihn daraufhin mit einem vermeintlich ängstlichen Blick an und antwortete, „John sollte mir bei einer Sache helfen."

„Geht das auch etwas genauer? Bei was für einer Sache?", unterbrach sie Matthew.

„Ich arbeite seit zwei Jahren, oder besser gesagt, ich arbeitete als Laborantin für den Pharmakonzern Medical Technology. Wir erforschten Viren und wie man sie dazu bringt, schnell zu mutieren und resistent für Gegenmittel zu werden."

„Das heißt also, unterbrach sie Matthew erneut, dass diese Leute hinter ihnen her waren. Was haben Sie gemacht; ihnen ihre Viren gestohlen?" Lara schaute ihn darauf mit ernster Miene an, „Nein, die Formeln - nachdem ich erfahren hatte, was sie mit diesen Viren vorhaben. Daraufhin bin ich zu John. Er übernahm meine Unterlagen und beauftragte einen Reporter aus Los Angeles, über Medical Technology zu recherchieren. Ob und was er noch herausgefunden hat, weiß ich allerdings nicht. Was ich aber sicher weiß, ist, dass diese Typen bereits meine Wohnung verwüstet haben und nun wahrscheinlich auch hinter mir her sind. Ich hatte John vor zwei Wochen angerufen. Er sagte zu mir, ich soll ein paar Sachen einpacken, in ein Hotel gehen und auf seinen Anruf warten."

Matthew rieb sich daraufhin nachdenklich mit Daumen und Zeigefinger am Kinn und fragte, „War der Name des Reporters zufällig Tom Nixon?"

„Ich weiß es nicht. Wie schon erwähnt, John sagte mir bei unserem letzten Gespräch nur, dass ich in ein Hotel gehen soll."

„Hatte John ihnen gesagt, wo Sie sich mit seinem Kontaktmann treffen wollen?"

„Nein. Hören Sie mir eigentlich zu?" Matthew schaute Lara prüfend an und meinte auf einmal euphorisch, „Macht nichts, das finden wir heraus. Und bis das so weit ist, können Sie hierbleiben. Ich bringe Sie hoch in meine Wohnung; dort können Sie sich etwas frisch machen und ausruhen. Natürlich nur, wenn Sie wollen." Lara schaute Matthew daraufhin lächelnd an und sagte, „Das ist sehr nett von Ihnen, Matthew."

Woraufhin Matthew ebenfalls zu lächeln begann, und antwortete, „Lara ich denke wir können auf das Sie verzichten. Oder?"

„Ja, das denke ich auch."

Nachdem Matthew ihr die Wohnung gezeigt hatte, ging er wieder runter ins Büro, setzte sich an den

Schreibtisch und griff erneut zum Telefonhörer. Doch im selben Moment klingelte es bereits. Matthew nahm den Hörer ab und fragte doch etwas irritiert, „Hallo."

„Hallo Matthew, wie geht es dir?", meldete sich eine Stimme am anderen Ende.

„Professor Hudgens? Woher haben Sie diese Nummer?"

„Ein Bekannter sagte mir, dass ich dich bezüglich deines ersten Falles vielleicht ein wenig über deine Mandantin informieren sollte." „Ein Freund?"

„Matthew, ich habe während deines Studiums mitbekommen, dass du scheinbar durch die Scheidung deiner Eltern einen ausgeprägten Gerechtigkeitssinn entwickelt hast. Ich gebe dir jedoch einen guten Rat."

„Gerechtigkeitssinn?", unterbrach ihn Matthew. Und fragte sichtlich genervt, „Was wollen Sie von mir, Sir?" Auf einmal öffnete sich dir Tür und ein großer glatzköpfiger Mann in Anzug sagte mit italienischem Akzent, „Mein Name ist Luigi, Mister Zampano erwartet Sie. Ich soll Sie abholen und zu seinem Landsitz bringen."

„Ach ja, den habe ich ja total vergessen.", dachte Matthew in diesem Moment und sagte, „Sorry, Mister Hudgens, aber ich habe jetzt einen Termin."

„Nur eines noch, Matthew."

„Was?"

„Vergiss nicht, was mit John Melon passiert ist."

„Drohen sie mir?"; doch Hudgens hatte bereits aufgelegt. Matthew schnappte sich seine Jacke und sagte, „Na dann, Luigi, auf zu Mister Zampano." Draußen angekommen öffnete Luigi Matthew die hintere Tür und sagte, „Bitte", woraufhin Matthew mit einem freundlichen „Danke" einstieg. Unterwegs fiel ihm jedoch ein, dass er sein Telefon auf dem Schreibtisch vergessen hatte. Er klopfte gegen die Innenscheibe des Wagens, welche den vorderen vom hinteren Teil abtrennte. Nachdem Luigi diese heruntergefahren hatte, fragte er, „Was ist los?" „Wir müssen noch einmal zurück. Ich habe mein Telefon vergessen.", worauf Luigi lächelnd erwiderte, „Ich denke, dass Sie dieses nicht brauchen.", und die Scheibe wieder hochfuhr. Was Matthew doch ein wenig Unwohlsein bereitete.

Kapitel 3

Nach zirka fünfundvierzig Minuten Fahrt erreichten sie bei strahlendem Sonnenschein das Anwesen, welches sie durch ein großes verschnörkeltes Metalltor befuhren. Der Weg zum Haus war mit in Terrakotta Pflanzkübeln befindlichen Olivenbäumen gesäumt. Das Haus glich einem großen englischen Landhaus. Vor diesem wurde Matthew bereits von einem älteren, mittelgroßen, korpulenten Herrn im Morgenrock und Gucci Pantoffeln erwartet.

Nachdem Matthew das Fahrzeug verlassen hatte, kam dieser mit offenen Armen auf ihn zu und sagte, „Matthew, schön, dass du es einrichten konntest. Ich bin Francesco Zampano; Connor hat mir schon viel von dir erzählt.", dabei umarmte er Matthew und küsste ihn links und rechts auf die Wange. Danach führte Francesco ihn über das Foyer in sein Arbeitszimmer. Er bot Matthew einen Platz auf einer riesig wirkenden, aus braunem Wildleder gefertigten Couch an und fragte, „Kann ich dir etwas zu trinken anbieten; vielleicht einen Morellino oder Grappa? Oder doch lieber einen Yellow Spot?"

Matthew, der doch sehr überrascht über den freundlichen Empfang war, meinte daraufhin, „Ich würde einen Morellino nehmen, danke." Francesco befüllte zwei Gläser, stellte die Flasche auf dem kleinen, aus Teakholz gefertigten Tisch ab, setzte sich in einen der zwei passend zur Couch gefertigten Sessel, und prostete Matthew mit einem, „Salute.", zu.

Matthew erwiderte das Ganze mit dem Heben seines Glases, nahm einen Schluck und fragte, „Warum bin ich hier, Francesco und was hat es mit diesem Ring an ihrer Hand auf sich?"

Francesco lächelte und antwortete, „Matthew, ich habe dich eingeladen, da ich denke, dass es etwas zu klären gibt. Ich habe mit dem Tod von John nichts zu tun, egal was diese Bullenschlampe Lt. Jackson behauptet." Matthew nickte zustimmend und erwiderte, „Das glaube ich mittlerweile auch, Francesco. Ich denke, dass es vielmehr mit der Sache zu tun hat, an der John zuletzt allein gearbeitet hat."

„Was für eine Sache?", fiel Ihm Francesco ins Wort.

„Das kann ich Ihnen nicht sagen, Mister Zampano, dafür habe ich selbst noch zu wenig Informationen."

„Oh bitte, nenne mich Francesco, du gehörst doch jetzt zur Familie."

„Okay Francesco, danke. Wie gesagt, ich weiß noch nicht, was das alles zu bedeuten hat, aber ich denke, dass ich irgendwann vielleicht deine Hilfe brauche."

„Kein Problem."

Nachdem Matthew ein zweites und drittes Glas in sich hineingeschüttet hatte, merkte er, wie der Morellino anfing, seine Wirkung zu zeigen. Was Francesco auch sofort auffiel und deshalb fragte, „Geht es dir gut, mein Junge? Sei vorsichtig, italienische Weine sind nicht ohne."

„Der Wein ist gut, aber vielleicht sollte ich mal etwas Festes zu mir nehmen."

„Wann hast du das letzte Mal etwas gegessen?"

„Keine Ahnung, gestern?"

Was dazu führte, dass sich Francesco sofort Luigi zuwandte, der an der Tür stand und sagte, „Mama Mia! Luigi, steh da nicht so rum, geh zu Stefano in die Küche und lass dir für den Jungen ein Prosciutto Sandwich mit Rucola machen."

Was Luigi sofort mit einem, „Si, Signore Zampano", beantwortete und verschwand. Francesco wandte sich daraufhin wieder Matthew zu und meinte, „Glaub mir, Matthew, du wirst es lieben. Stefano macht die besten Sandwiches." Danach schenkte er beiden noch einmal ein und sagte währenddessen, „Du wolltest wissen, was es mit dem Ring auf sich hat. Ich werde es dir erklären. Dieser Ring steht für eine lange Freundschaft von drei Jungen, die sich im Kindesalter kennengelernt haben. Eigentlich waren es vier. Sie nannten sich immer die vier Musketiere."

„Was ist mit dem vierten passiert?", fiel Matthew ihm, alkoholbedingt ins Wort. Als würde er es bedauern, senkte Francesco mit einem seufzenden, „Mm", daraufhin für einen kurzen Augenblick den Kopf, schaute wieder zu Matthew und antwortete mit ernster Miene, „Ich will es mal so formulieren. Der vierte entwickelte sich in eine andere Richtung als wir, wobei sein moralischer Kompass kaputtging. Wie ich gehört habe, ging er in die Forschung und ist jetzt ein großes Tier in einem Pharmakonzern, der sich mit Viren-Forschung beschäftigt. Aber genug davon, da ist Luigi mit deinem Sandwich."

Matthew nahm das Sandwich, stopfte es sich, Bissen für Bissen, in den Mund und meinte dabei, „Du hattest recht, Francesco, das ist wirklich gut. Aber um noch einmal auf den vierten Musketier zurückzukommen. Haben Sie oder Connor noch Kontakt zu ihm, und hat dieser auch einen Namen?"

Francesco schaute Matthew daraufhin lächelnd an und sagte, „Alles zu seiner Zeit, mein Junge. Luigi wird dich jetzt wieder nach Hause fahren. Dort kannst du dich etwas ausruhen." Er wandte sich daraufhin Luigi zu und sagte, „Luigi, bring unseren Gast wieder nach Hause." Er umarmte Matthew, gab ihm dabei erneut links und rechts einen Kuss auf die Wange, und sagte, „Pass auf dich auf; wir sehen uns morgen zur Beisetzung von John." Danach deutete er Luigi mit einer Handbewegung an, Matthew, der nun trotz des Sandwichs sichtlich betrunken war und sich nicht mehr wirklich auf den Beinen halten konnte, zu helfen. Was dieser auch sofort mit einem Kopfnicken erwiderte und Matthew stützend zum Wagen brachte. Wo Matthew wenig später einschlief und erst vor seiner Kanzlei wieder aufwachte und mit einem, „Ich danke dir, Luigi.", den Wagen verließ. Nachdem er dann, nach mehreren Anläufen, endlich geschafft hatte, die Tür zur Kanzlei zu öffnen, ging er zum Schreibtisch, setzte sich in den alten Ledersessel und schlief wieder ein.

Lara, die von dem Krach, den Matthew beim Öffnen der Tür und dem Stoß gegen den Schreibtisch verursacht hatte, erschreckt wurde, kam mit einem Messer bewaffnet über die von der Wohnung in die Kanzlei führende Wendeltreppe nach unten und fragte, „Matthew, bist du das?"

Am Schreibtisch angekommen, sah sie Matthew, der von dem Morellino nun so außer Gefecht gesetzt war, dass er von allem nichts mit bekam, schlafend im Sessel sitzend und sagte lächelnd, „Oh, da hat wohl jemand zu tief ins Glas geschaut." Am nächsten Morgen wurde Matthew durch das Klingeln des Telefons geweckt. Verkatert griff er zum Hörer, „Anwaltskanzlei Matthew Pure." Doch am anderen Ende antwortete niemand. Was Matthew dazu veranlasste, noch einmal etwas energischer zu fragen, „Hallo, wer ist denn da?"; doch nachdem auch diesmal niemand geantwortet hatte, knallte Matthew den Hörer auf und sagte, „Ich habe keine Zeit für solche Spielchen.", und ging nach oben. Dort angekommen, gönnte er sich erst einmal eine heiße Dusche, machte sich einen Kaffee und setzte sich auf die Terrasse. Wo wenig später Lara mit den Worten, „Na, wieder nüchtern?", bei ihm auftauchte und neugierig fragte, „Wo warst du gestern? Ich wollte dich anrufen, hatte aber deine Nummer nicht."

Matthew, der immer noch nicht richtig wach war, meinte darauf nur: „Hätte nichts gebracht. Hatte mein Telefon im Büro vergessen. Aber um deine Frage zu beantworten. Ich war bei einem italienischen Mafioso, der mich mit Rotwein abgefüllt hat."

„Hat der Mafiosi auch einen Namen?"

„Ja, hat er. Sein Name ist Francesco Zampano."

„Francesco Zampano? DER Francesco Zampano?" fragte Lara erschrocken.

„Ja, DER Francesco Zampano. Und wie sich herausgestellt hat, sind er, Connor und John seit ihrer Kindheit befreundet. Eigentlich waren sie zu viert, aber einer hat diesen Freundschaftsbund verlassen. Francesco wollte mir aber seinen Namen nicht verraten. Aber das kriege ich noch heraus. Ansonsten nichts - und deshalb …", dabei stand er auf, trank seinen Kaffee in einem Schluck aus und fuhr fort, „wirst du mir, nachdem ich Duschen war, alles erzählen, was du weißt." Lara, die sichtlich überrascht über die konsequente Art von Matthew war, antwortete darauf nur, „Okay." Nachdem Matthew aus dem Bad zurückgekommen war, gingen beide nach unten ins Büro, setzten sich erneut gegenüber an den Schreibtisch - und Matthew sagte, „Ich bin ganz Ohr."

„Lara zögerte einen Moment und sagte dann, „Okay, also wie schon gesagt, ich arbeite, oder besser gesagt, ich arbeitete für Medical Technology als Laborantin. Wir arbeiteten an einem Projekt Namens, „excitatio"

„Das Erwachen?", fiel ihr Matthew ins Wort.

„Ja. Der Virenstamm, basierend auf einem Grippevirus, sollte so verändert werden, dass er schnell mutiert und resistent gegen verschiedenste Gegenmittel bleibt."

„Wofür in Gottes Namen braucht man solch einen Virus?", viel Matthew ihr erneut ins Wort.

„Destabilisierung der Weltwirtschaft, Dezimierung der Weltbevölkerung, zu Kriegszwecken. Such dir was aus. Aber wolltest du nicht alles wissen?"

„Ja."

„Dann höre auf, mich ständig zu unterbrechen. Außer uns arbeitete noch ein Team in einem kleinen Labor in Chengdu, China, zeitgleich daran. Ein Kollege rief mich von dort aus eines Abends an und sagte, sie hätten es geschafft. Da ich aber nicht zu Hause war, bat ich ihn, mich am nächsten Morgen im Labor anzurufen. Allerdings rief er nicht an. Als ich dann zwei Tage später zu meinem Boss ging, ihn darüber informierte und fragte, warum dort niemand mehr zu erreichen sei, meinte er bloß, dass es wohl einen Zwischenfall in dem Labor gegeben hatte, und ich mich nicht weiter darum kümmern soll. Daraufhin sicherte ich all meine Daten, wobei ich eine E-Mail meines Kollegen aus China entdeckte. Er hatte einfach eine alte E-Mail-Konversation benutzt, um mit mir in Kontakt zu treten und mir im Anhang dieser E-Mail alle Daten zu schicken.

Nachdem ich alles gesichert hatte, fing ich an zu recherchieren, wobei ich feststellte, dass es sich bei dem angeblichen Zwischenfall in China um einen Überfall handelte, bei dem nicht nur das Virus gestohlen wurde, sondern auch alle Mitarbeiter des Labors getötet wurden. Daraufhin ging ich wieder zu meinem Boss, um ihn damit zu konfrontieren."

„Und was passierte dann?"

„Er feuerte mich unter dem Vorwand, dass ich ein Sicherheitsrisiko für das Unternehmen darstelle, da ich unberechtigt geheime Laborberichte kopiert und gestohlen hätte. Er forderte mich auf, meinen Schreibtisch zu räumen und sagte, dass, wenn ich nicht sofort damit aufhören würde, rumzuschnüffeln, und mit irgendjemand darüber rede, würde er meine Kariere als Laborantin für immer zerstören. Eine Bekannte gab mir dann die Nummer von John. Doch nachdem ich ihm alle Unterlagen gezeigt hatte, änderte sich alles. John sagte, dass dies kein Streit vor dem Arbeitsgericht werden wird, sondern in eine ganz andere Richtung ginge und, dass ich in Gefahr bin. Er sagte auch, dass er einen Freund engagieren wird, der Medical Technology mal unter die Lupe nimmt."

„Tom Nixon?"

„Wahrscheinlich."

„Hast du noch Kopien von den Unterlagen. Auf einem Stick vielleicht?"

„Nein, nachdem sich John eine Akte angelegt hatte, sagte er, ich soll zu meiner Sicherheit alle Unterlagen vernichten."

„Das heißt also, dass wir jetzt als Erstes herausfinden müssen, wo John die Unterlagen versteckt hat?"

„Vielleicht sollten wir erst einmal Tom anrufen", meinte Lara daraufhin euphorisch.

„Warum?"

„Na, vielleicht hat John ihm die Unterlagen geschickt." Matthew überlegte kurz, starrte Lara dabei mit einem nachdenklichen Blick an und meinte auf einmal, „Warte mal.", und fing an, in einem Haufen geöffneter und ungeöffneter Briefe herumzuwühlen. „Ah, da ist er ja. Er nahm einen der Briefe, öffnete diesen und fing an zu lesen. „Von wem ist der Brief?", fragte Lara. „Vom Notar." Und steht was Interessantes drin?"

„Nein, nicht, wonach ich suche." „Wonach suchst du denn?"

„Nach einem Bankschließfach. Ich muss Connor McCauley anrufen." Doch dann schaute er auf die Uhr und sagte, „Die Beisetzung findet in einer Stunde statt. Ich werde Connor dort fragen." Und so machten sich beide fertig und fuhren zum Lake View Friedhof. Es waren etwa sechzig Gäste erschienen. Als Luigi Matthew erblickte, ging er zu ihm und geleitete ihn und Lara zu Francesco und Connor, die bereits neben dem aufgebahrten Sarg Platz genommen hatten.

Nach einer kurzen Begrüßung begann der Pfarrer mit seiner Rede. Danach machten sich alle auf den Weg zu Francescos Villa, wo er und Connor, Matthew baten, ihnen in Francescos Arbeitszimmer zu folgen. „Was gibt es?", wollte Matthew wissen.

„Matthew, Connor und ich würden dir gerne ein Geschenk machen."

„Was für ein Geschenk?" Connor griff daraufhin in seine Hosentasche, holte eine kleine Schachtel raus und übergab Sie Matthew. „Was ist da drin?"

„Mach sie auf", antwortete Connor. Matthew öffnete die Schachtel. Doch als er sah, was sich im inneren verbarg, fehlten ihm sichtlich die Worte. Es war der gleiche Ring, den die beiden und auch John am Finger trugen. Worauf Francesco sagte, „Matthew, Connor und ich denken, dass auch John gewollt hätte, dass du diesen Ring bekommst. Steck ihn an." Matthew nahm den Ring aus der Schachtel, betrachtete diesen und steckte ihn sich, wie auch die beiden anderen, auf den Ringfinger der linken Hand. „Du bist nun einer von uns, Matthew und wirst von heute an unter unserem Schutz stehen. Einer für alle und alle für einen.", sagten Francesco und Connor daraufhin.

Matthew, der sichtlich gerührt war, stammelte daraufhin nur, „Ich weiß nicht, was ich sagen soll."

„Ach Matthew, mein Junge", fing Francesco an, du brauchst nichts zu sagen. Der Grund, warum wir so entschieden haben, ist, dass wir glauben, dass du dein Herz am rechten Fleck trägst und John alle Ehre machen wirst. So, und jetzt lasst uns anstoßen." Connor gab jedem ein Glas und sagte, „Auf die Freundschaft." Nachdem sie getrunken hatten, ging Francesco zu seinem Schreibtisch, holte drei Zigarren aus dem Humidor, bot jedem eine an und fragte, „Es geht mich zwar nichts an, Matthew, aber wer ist deine Begleitung?"

„Ob du es glaubst oder nicht, Francesco, sie ist eine Klientin. Sie tauchte vor zwei Tagen bei mir auf und wollte John sprechen. Angeblich waren die beiden auch verabredet. Dies bezüglich wollte ich dich noch etwas fragen, Connor."

„Gerne. Aber lass uns heute nicht übers Geschäft reden, rufe mich einfach am Montag an.", Matthew nickte daraufhin verständnisvoll mit dem Kopf und sagte, „Ja, natürlich Connor, du hast recht."

„Ich denke, du solltest dich jetzt wieder um deine Begleitung kümmern, aber eines noch, Matthew. Hier stecke dir meine Karte ein; unter dieser Nummer kannst du mich jederzeit erreichen. Ich denke, Connors hast du schon?"

„Ja, Francesco, habe ich.", erwiderte Matthew.

Danach verließen die drei wieder Francescos Arbeitszimmer und mischten sich unter die Gäste. Als Lara Matthew aus dem Arbeitszimmer kommen sah, ging Sie sofort zu ihm, „Wo warst du denn? Ich habe dich schon überall gesucht."

„Schau mal.", dabei zeigte er ihr den Ring. Ich wurde gerade einem Aufnahmeritual unterzogen."

„Schöner Ring. Ich kenne diesen Ring, ich habe ihn irgendwo schon einmal gesehen. Trug John nicht auch so einen Ring am Finger?"

„Ja. Alle drei haben solch einen Ring."

„Konntest du etwas in Erfahrung bringen, was uns weiterhilft? Du wolltest doch Connor etwas fragen."

„Ja, aber Connor meinte, ich solle ihn am Montag im Büro anrufen. Komm, lass uns jetzt etwas essen, ich habe echt Hunger." Und so begaben sich beide zum Büfett und verließen wenig später das Anwesen.

Kapitel 4

Am Montagmorgen, Lara lag noch im Bett, machte sich Matthew, der auf der Couch geschlafen hatte, einen Kaffee, ging ins Büro, setzte sich an den Schreibtisch und wählte Connors Nummer. Worauf sich kurz danach eine Stimme mit den Worten, „Notariat McCauley und Brooks, mein Name ist Tiffany - was kann ich für Sie tun?", meldete.

„Hallo, hier ist Matthew Pure; ich würde gerne Mister McCauley sprechen."

„Einen Moment bitte, ich werde schauen, ob Mister McCauley zu sprechen ist."

„Danke" in der Zwischenzeit kam auch Lara ins Büro. „Mit wem telefonierst du?"

„Connor." Es dauerte nicht lange, bis Tiffany wieder am Telefon war und sehr freundlich meinte, „Mister McCauley hat ihren Anruf schon erwartet, ich verbinde Sie." Kurz darauf war Connor auch schon am Telefon, „Hallo Matthew, wie kann ich dir helfen?"

„Hallo Connor, sag mal, du erzähltest etwas von einem Bankschließfach. Aber ich kann in den Unterlagen, die du mir geschickt hast, nichts über ein Bankschließfach finden. Auf der Rückseite steht nur in Schreibschrift, Matthew fahre zur National Bank of Canada in Vancouver." Connor fing daraufhin an zu lachen und antwortete, „Das war auch so beabsichtigt. John war der Meinung, dass ich dir den nächsten Hinweis erst geben darf, wenn du von selbst danach fragst. Frage mich aber bitte nicht, warum."

„Kannst du mir die Daten schicken?"

„Nein."

„Nein? Warum nicht?"

„Matthew, fahre zur National Bank of Canada in Vancouver und melde dich beim Filialleiter, sein Name ist Dirk Beckmann. Er wird dich dann über alles aufklären und alle weiteren Fragen beantworten."

„Aber, was soll...", doch Connor unterbrach ihn gleich wieder, „Matthew mach, was ich dir gesagt habe, und treffe dich mit Tom. Oh, und pass auf dich auf." - Matthew wollte gerade etwas erwidern, doch auf einmal hörte er Connor nur sagen, „Tiffany was ist hier los?" Mister McCauley, seien Sie vorsichtig, er hat...", doch dann fiel bereits ein Schuss und Connor schrie, „Wer sind Sie, und was hat das hier zu bedeuten?", dann fielen zwei weitere Schüsse und die Leitung wurde unterbrochen.

Kreidebleich schaute Matthew daraufhin Lara an und sagte, „Ich glaube, dass ich gerade Zeuge eines Mordes geworden bin!"

„Du bist … was?"

„Ja, du hast richtig gehört, jemand hat gerade Connor McCauley und seine Sekretärin erschossen. Komm, wir müssen hier weg."

„Wo wollen wir hin?"

„Nach Kanada."

„Kanada?"

„Ja."

„Aber, wie und warum Kanada?"

„Mit dem Land Rover, der da draußen in der Einfahrt parkt." Doch während er die Schreibtischschublade nach dem Schlüssel durchwühlte, öffnete sich auf einmal die Eingangstür zu seiner Kanzlei und Lt. Jackson betrat das Büro. Als Matthew sie erblickte, dachte er nur, „Man, was willst du denn schon wieder?" Nachdem Lt. Jackson Matthews Schreibtisch erreicht hatte, begrüßte sie ihn mit einem abfälligen, „Hallo Mister Pure. Ich wollte Ihnen nur die Sachen vorbeibringen, die Mister Melon bei sich trug." und warf ihm währenddessen einen kleinen, gelben, zirka A5 großen Umschlag auf den Schreibtisch.

Matthew schaute auf den Umschlag, nahm diesen und schüttete den Inhalt auf den Schreibtisch. Im Inneren befand sich neben einer Breitling Navigator, einem Geld Clip und einem Safe Schlüssel, auch der Autoschlüssel. Matthew griff diesen, schaute Lt. Jackson an und fragte, „Ist sonst noch irgendetwas? Ich habe nämlich keine Zeit."

Lt. Jackson fing an zu lächeln und fragte, „Wissen Sie, was Einstein über die Zeit gesagt hat?" Matthew machte einen tiefen Seufzer und entgegnete, „Ja, dass sie relativ ist und da es sie ja scheinbar brennend interessiert, erkläre ich Ihnen jetzt mal seine Hypothese mit meinen Worten. Wenn man zwei Stunden lang mit einem netten Mädchen, wie zum Beispiel meiner Mandantin, hier zusammensitzt, meint man, es wäre eine Minute. Sitzt man jedoch eine Minute mit Ihnen zusammen, Lt. Jackson, meint man, es wären zwei Stunden. Das ist Relativität. Davon sichtlich amüsiert, fragte Lt. Jackson, „Und, hat ihre Mandantin auch einen Namen?" Woraufhin Lara ihre Hand ausstreckte und meinte, „Lara Bernstein, sehr erfreut." Matthew griff sich daraufhin kopfschüttelnd den Autoschlüssel, steckte sich die anderen Sachen in die Hosentasche und sagte, „Komm Lara", packte sie am Arm und machte sich mit ihr auf den Weg zur Tür. „Hey Mister Pure, nicht so schnell, Sie müssen mir noch den Erhalt quittieren." Während Matthew bereits die Tür öffnete, drehte er sich noch einmal zu Lt. Jackson um und sagte, „Oh, das ist gut möglich, aber das müssen wir leider auf ein anderes Mal verschieben, wir haben es gerade sehr eilig. Seien Sie so gut und ziehen Sie die Tür wieder hinter sich zu, wenn Sie gehen." Danach stiegen die beiden bei strömendem Regen in den Land Rover und fuhren mit quietschenden Reifen davon. Während sie die Stadt verließen, schaute Matthew immer wieder in den Rückspiegel. Auf der Interstate Fünf angekommen, sagte er dann, „Ich glaube, uns verfolgt keiner."

Währenddessen schaute sich Lt. Jackson, die immer noch etwas überrascht über Matthews abrupten Aufbruch war, neugierig in seinem Büro um und sagte zu sich selbst, „Irgendetwas stimmt hier nicht." Als auf einmal ihr Telefon klingelte, „Hallo Sir. Ja, ich bin noch an dem Mordfall John Melon dran. Ich bin gerade in seiner Kanzlei. Aber Sir, warum soll ich mich da raushalten? Wie, den Fall zu den Akten legen? Ja, alles klar, ich treffe mich mit ihm." Nachdem sie aufgelegt hatte, schaute sie sich noch einmal um und entdeckte das Schreiben vom Notariat.

In Connor McCauleys Büro war der Killer unterdessen damit beschäftigt, die Leichen im Bad zu zerlegen und in Plastiktüten zu verstauen. Als auf einmal sein Telefon klingelte und sich am anderen Ende eine männliche TTS-Computerstimme mit der Frage, „Alles erledigt Sir?", meldete.

„Ja Sir. ich bin gerade am Aufräumen. – Verstehe, aber Sir, ich kann das allein. – Okay, es hat geklingelt. Ich denke, sie kommen gerade an."

Der Killer ging zur Tür, wo ihn nach dem Öffnen ein glatzköpfiger Kerl, der noch drei andere Typen in weißen Overalls im Schlepptau hatte, mit einem freundlichen, „Housekeeping. Sir, sie hatten angerufen?", begrüßte.

„Ja, kommen Sie rein. Bei meiner Arbeit ist mir im Bad eine kleine Sauerei passiert, das gröbste habe ich allerdings schon in vier große Plastiktüten verstaut. Die müssen entsorgt werden. Oh, und wie Sie sehen können, muss der Fleck da", dabei zeigte er auf einen großen Blutfleck auf dem Boden, „auch noch entfernt werden. In dem anderen Büro da auch."

„Keine Sorge Sir, wir werden alle Spuren beseitigen; keiner wird etwas bemerken."

„Sehr gut, wenn Sie fertig sind, ziehen Sie einfach die Tür hinter sich zu."

„Ja, das machen wir, Sir." Der Killer verließ daraufhin die Wohnung, holte sein Telefon aus der Tasche und drückte auf Wahlwiederholung, wo sich kurz darauf erneut die Computerstimme meldete und fragte,

„Was ist los?" „Hallo Sir, ich wollte Ihnen nur Bescheid geben, dass das Reinigungsteam vor Ort ist."

Ich mache mich jetzt auf den Weg in die Kanzlei von diesem Melon. - Keine Sorge, ich finde Sie.

Etwa zeitgleich verließ Lt. Jackson die Kanzlei und machte sich auf den Weg zum Notariat McCauley & Brooks. Dort angekommen, drückte sie mehrfach auf den, neben der aus Mahagoniholz hergestellten Tür befindlichen, Klingelschalter, doch niemand öffnete. Sie holte eine Kreditkarte aus ihrer Tasche, schaute sich kurz um und öffnete die Tür.

Das Reinigungsteam war bereits wieder verschwunden. Auf der Suche nach Hinweisen durchstöberte jeden Raum und das Bad, doch nirgendwo war etwas zu finden. Auf einmal drückte sie irgendetwas in ihrem linken Schuh. Sie ging etwas in die Hocke, stellte sich dabei auf ein Bein, um sich den Schuh auszuziehen, verlor jedoch das Gleichgewicht. Um nicht umzufallen, stützte Sie sich kurz mit dem nun nackten linken Fuß auf dem Teppichboden ab, wobei ihr sofort eine nasse Stelle auffiel. Sie zog sich den Schuh wieder an, ging in die Hocke, rieb mit der Hand auf dem Teppich, roch danach an ihren Fingern und sagte, „Hier hat wohl jemand ordentlich sauber gemacht", stand wieder auf, griff zum Telefon und rief ihren Kollegen an. Als dieser nach dem dritten Versuch endlich an den Apparat ging und fragte, „Was ist los, Jackson, und wo bist du eigentlich? Der Chief hat schon nach dir gefragt.", antwortete sie etwas genervt, „Na endlich, Becker. Ich brauche dich in der Carney Street Nummer 21143 und bring den Spurensicherungskoffer mit."

„Was machst du da?"

„Na was schon? Ich ermittle im Mordfall Melon. - Ja ich weiß, was er gesagt hat, komm trotzdem her. Ach so, und wenn du noch im Büro bist, überprüfe bitte mal eine Lara Bernstein für mich."

Unterdessen war der Killer in Matthews Kanzlei angekommen und fing an, das Büro nach Hinweisen zu durchsuchen, wobei er kurz darauf ebenfalls das Schreiben von Connor McCauley auf Matthews Schreibtisch fand. Er nahm den Brief und fing an zu lesen, drehte das Blatt auf die Rückseite, und sagte auf einmal süffisant grinsend, „Habe ich euch. Nach Kanada wollt Ihr also."

Er nahm sein Telefon aus der Tasche, drückte auf Wahlwiederholung. Am anderen Ende meldete sich wieder eine Computerstimme und fragte etwas genervt, „Was gibt es nun schon wieder? Ich habe zu tun."

„Ich weiß jetzt, wo sie hinwollen, Sir, und ich denke auch, dass wir dort finden werden, wonach wir suchen."

„Aha, und wo soll das sein?"

„National Bank of Canada in Vancouver, Sir."

„Worauf warten Sie dann noch? Besorgen Sie mir die Akte."

„Und was ist mit der Frau?"

„Um die kümmere ich mich selbst, und wehe, Sie krümmen ihr auch nur ein Haar."

„Alles klar, ich mache mich sofort auf den Weg. Ach so, und was ist mit dem Anwalt?"

„Kollateralschäden sind bei solchen Operationen nicht zu vermeiden."

„Verstehe Sir.", legte auf und machte sich auf den Weg.

Kapitel 5

Matthew und Lara hatten unterdessen bereits die Grenze passiert. Der Regen hatte mittlerweile auch nachgelassen und in der Ferne konnten sie schon die Skyline der Stadt vor sich sehen. Sie fuhren weiter auf der neunundneunzig und nachdem Sie Lions Gate Bridge und Stanley Park passiert hatten, erreichten kurz darauf die National Bank of Canada in Down Town Vancouver. Sie parkten den Wagen direkt vor der Bank und betraten diese. Am Empfang angekommen fragte Matthew, „Wo finde ich den Filialleiter; sein Name ist Dirk Beckmann?" Woraufhin die Dame auf die Uhr schaute und antwortete, „Sir, es ist kurz vor siebzehn Uhr, wir schließen gleich, ich weiß nicht ob Mister Beckmann noch im Hause ist."

„Es ist wirklich wichtig Madame, Mister Beckmann hat Informationen für mich."

„Okay Sir, Ich werde mal nachschauen, ob er noch da ist." Sie ging zu Ihrem Schreibtisch, griff zum Telefon und beendete das Gespräch kurz darauf mit den Worten, „Alles klar Mister Beckmann, ich sage ihm Bescheid." Danach kam Sie zurück zum Counter und meinte, „Mister Beckmann wird gleich hier sein. Darf ich Ihnen in der Zwischenzeit etwas zu trinken anbieten?" Matthew schaute daraufhin Lara fragend an und meinte: „Ich denke, ein Kaffee wäre jetzt nicht das schlechteste, oder?" Was Lara nur mit einem Kopfnicken bejahte. Daraufhin meinte die Dame, „Nehmen Sie doch dort drüben in unserer Lounge Platz; ich werde Ihnen den Kaffee bringen. Es dauerte nicht lange, da tauchte auch schon der Filialleiter auf und begrüßte die beiden mit einem freundlichen, „Guten Tag, Mister Pure, richtig?"

„Ja, ich bin Matthew Pure."

„Sehr schön, und wer ist Ihre charmante Begleitung, wenn ich fragen darf?"

„Das ist Miss Bernstein." Woraufhin sich der Filialleiter Lara zuwendete, „Sehr erfreut, Miss Bernstein. Darf ich Sie dann bitten, mir zu folgen." Der Weg führte über einen Fahrstuhl ins Untergeschoss. Wo die Drei über einen schmalen Gang zu einer Stahltür gelangten. Dort angekommen benutzte der Filialleiter den an der Seite angebrachten Iris Scanner und gab zeitgleich einen vierstelligen Code über die ebenfalls dort angebrachte Tastatur ein. Nachdem sich die Stahltür geöffnet hatte, ging es über einen Gang weiter, an dessen Ende sich eine weitere Stahltür befand. Als auch diese geöffnet war, gelangten Sie in einen kleinen Raum. Dort angekommen sagte der Filialleiter, „So, da wären wir. Jetzt benötige ich Ihre Zugangsdaten."

„Zugangsdaten?", wiederholte Matthew irritiert. Woraufhin ihn der Filialleiter stirnrunzelnd anschaute und fragte, „Erinnern Sie sich noch an Ihr erstes Gespräch mit John?"

„Ja natürlich, wie könnte ich das vergessen. Er fragte mich, warum ich Anwalt werden will und nach dem ich sagte, dass ich an Gerechtigkeit glaube, fing er an zu lachen und sagte, ein Idealist, der noch an Gerechtigkeit glaubt."

Auf einmal wurde es etwas lauter in dem Raum. Eine Maschinerie setzte sich in Gang, wobei sich eine kleine, in die Wand eingelassene Blende öffnete und eine Box zum Vorschein brachte.

„Wie, das war es?", fragte Lara erstaunt. Der Filialleiter grinste Sie daraufhin an und sagte, „Ja das war Mister Melons Idee. Er sagte, wenn sich Matthew an etwas erinnern kann, dann an Ihr erstes Gespräch." Woraufhin Matthew nur verneinend den Kopf schüttelte. Der Filialleiter übergab Matthew die Box und sagte, „So, Mister Pure, ich lasse Sie jetzt allein. Sehen Sie diese Gegensprechanlage dort?", dabei zeigte er in Richtung Tür. „Ja.", antwortete Matthew.

„Gut, wenn Sie fertig sind, rufen Sie mich, dann geleite ich Sie wieder nach oben."

Nachdem der Filialleiter den Raum verlassen hatte, öffnete Matthew die Box, in deren Inneren sich ein Zettel mit Zahlenreihen und ein USB-Stick befand. Er nahm beides heraus, hielt den Stick nach oben und sagte, „Ich denke, dass wir gefunden haben, wonach wir suchen. Jetzt müssen wir nur noch Tom finden."

Lara nahm den Zettel und sagte, „Das ist Johns Handschrift, und die Zahlen sind wahrscheinlich GPS-Koordinaten."

„Längen- und Breitengrade.", antwortete Matthew. Er nahm sein Telefon, tippte die Zahlen ein und sagte, „Wir müssen zum Day Lake."

„Und wo liegt der Day Lake?", fragte Lara daraufhin. Matthew schaute auf sein Telefon und antwortete, „Zirka Eintausend einhundert Kilometer von hier. Im Norden von britisch Kolumbien. In der Nähe eines kleinen Dorfes mit dem Namen Burns Lake."

Lara schaute Matthew an und fragte, „Wie wollen wir dort hinkommen?"

„Mit dem Auto das ist am unauffälligsten."

„Das machen wir aber nicht mehr heute. Oder?"

„Nein. Aber wir sollten auf jeden Fall die Stadt verlassen." Matthew drückte den Knopf der Gegensprechanlage, um den Filialleiter zu rufen. Dieser geleitete die beiden nach draußen und meinte zum Abschluss, „Viel Glück, und ich hoffe, Sie finden, wonach Sie suchen." Matthew und Lara bedankten sich, stiegen ins Auto und verließen über Delta die Stadt.

„Verstehst Du das alles?", fragte Lara unterwegs.

„Nein, ehrlich gesagt, nicht, Lara. Aber ich denke, Tom wird uns aufklären."

„Wahrscheinlich hast du recht. Ich werde jetzt ein wenig die Augen schließen."

„Mach das." Sie lümmelte sich in Ihren Sitz und schlief ein. Nachdem die beiden verschwunden waren, griff der Filialleiter zum Telefon, „Hallo hier ist Beckmann, ich sollte Sie doch informieren. – Ja, sie sind jetzt auf dem Weg. - Alles klar, vielen Dank." und legte wieder auf.

Nach zirka eineinhalb Stunden erreichten Matthew und Lara den kleinen Ort Hope, wo Lara, nun bereits wieder wach, meinte, „Matthew denkst du nicht, dass wir uns mal eine Pause gönnen, duschen gehen und etwas essen sollten. Schau mal, dieses Motel dort, sieht doch ganz nett aus."

„Ja, du hast recht.", erwiderte Matthew, fuhr auf dem Parkplatz, stellte den Motor ab und fing an, nach etwas zu suchen.

„Was machst du denn?", fragte Lara.

„Ich suche mein Handy. Ich will noch schnell Francesco anrufen und ihn über die Sache mit Connor informieren. Hast Du es irgendwo gesehen?"

„Nein. Komm schon Matthew, das findet sich schon wieder an." Nachdem die beiden auf dem Zimmer angekommen waren, sagte Matthew, auf der Bettkante sitzend, „Ich gehe noch mal runter zum Auto, irgendwo muss es ja sein."

Lara ging daraufhin zu Matthew, der bereits wieder stand, legte ihre Arme um seinen Hals, fing an, ihn zu küssen und sagte, „Matthew, ich glaube, du solltest dich echt mal etwas entspannen", schubste ihn aufs Bett, setzte sich auf ihn, öffnete sein Hemd und leckte mit Ihrer Zungenspitze über seinen Oberkörper. Matthew griff daraufhin mit beiden Händen an Ihren Po, drehte sie auf den Rücken, schob Ihre Bluse hoch und fing an, ihre Brustwarzen mit seiner Zungenspitze zu massieren. In einem Rausch von Ekstase rissen sich beide kurz darauf, sprichwörtlich, die Kleider vom Leib, verschmolzen mit Ihren nackten Körpern ineinander und fingen an, sich küssend auf dem Bett umher zu wälzen. Währenddessen verharrte Lara auf einmal, auf dem Rücken liegend, biss sich mit Ihren Zähnen leicht auf die Oberlippe, umschlang Matthews Becken mit Ihren langen Beinen und ließ ihn unter einem leichten Stöhnen in sich eindringen. Mit einer sanften rhythmischen Stoßbewegung drückte Matthew daraufhin sein Becken immer wieder an Lara heran und berührte dabei zärtlich Ihre Brustwarzen mit seiner Zungenspitze. Was Lara dazu veranlasste, immer lauter zu stöhnen. Währenddessen drehte sie Matthew auf einmal gekonnt auf den Rücken, griff mit beiden Händen an die Stange des Bettgestells und fing an, sich immer schneller rhythmisch auf und ab zubewegen, bis sie auf einmal zufrieden aufstöhnte, sich im Anschluss zur Seite rollte und meinte, „Ich weiß ja nicht, wie es dir geht, aber ich habe jetzt tierischen Hunger. Bestellst du uns etwas vom Zimmerservice. Ich nehme unterdessen ein Bad.", sprang aus dem Bett, warf sich Matthews Hemd über und verschwand arschwackelnd im Badezimmer. Matthew schaute Ihr nur irritiert hinterher und dachte, „Echt jetzt.", griff zum Telefon, bestellte etwas zu Essen und machte sich ebenfalls auf den Weg ins Bad, wo sich im Anschluss das Liebesspiel noch einmal unter der Dusche wiederholte.

    Währenddessen waren Lt. Jackson und Becker noch in der Kanzlei von Connor McCauley mit der Spurensuche beschäftigt. „Hier hat definitiv jemand

Blut entfernt", meinte Lt. Becker, nachdem er den Abstrich vom Teppich in ein kleines Reagenzglas steckte und zusah, wie sich die darin befindliche Flüssigkeit sofort rosa färbte. „Das habe ich mir schon gedacht, Becker, und ich denke auch, dass es hier nicht um die Mafia geht, sondern das Ganze etwas mit dieser Lara Bernstein zu tun hat."

„Ach ja, du hattest mich doch damit beauftragt, etwas über sie in Erfahrung zu bringen."

„Ja, und?", unterbrach Jackson ihn sofort interessiert.

„Deine Lara Bernstein wurde am zweiten achten neunzehnhundert neunundsechzig in New York geboren. Aber jetzt kommt's. Ursprünglich stammt die Familie aus Deutschland. Ihre Großeltern waren Juden, hießen Friedmann, lebten in Deutschland und wurden 1943 von den Nazis im KZ Oranienburg umgebracht. Wie durch ein Wunder schaffte es ihre damals erst drei Jahre alte Mutter, mit einem Onkel vor den Nazis nach England zu fliehen. Und kam von dort aus nach Amerika. Hier angekommen, ließen sie sich im New Yorker Stadtteil Williamsburg nieder."

„Und? Was hat das mit Lara zu tun?", fragte Lt. Jackson sichtlich ungerührt.

„Lara Bernstein ist nach der Schule nach Deutschland gegangen und hat dort in Hamburg Medizin studiert. Später ist sie in die Forschung gegangen und hat mehrere Jahre für ein großes, deutsches Pharmaunternehmen in China gearbeitet. Wir haben sogar eine Akte über Sie."

„Was? Weswegen?"

„Sie hat Ihren Chef Bexter Collin wegen angeblicher sexueller Nötigung am Arbeitsplatz angezeigt. Bei der Befragung ihres Chefs behauptete dieser, dass die beiden ein Verhältnis hatten, und sie Ihm nur eins auswischen wollte, weil er sich wieder von ihr getrennt hat. Nach einer Überprüfung stellte sich dann heraus, dass sie etwas miteinander hatten, und so wurde das Verfahren wieder eingestellt."

„Als ich sie das erste Mal getroffen habe, wusste ich schon, dass mit Ihr irgendetwas nicht stimmt. Wir sollten uns mal mit Lara Bernstein unterhalten." Becker schaute Jackson daraufhin - verneinend den Kopf schüttelnd - an und sagte, „Du erinnerst dich noch daran, was der Chief gesagt hat?"

„Ja, dass wir im Mordfall Melon die Füße stillhalten sollen. Aber interessiert es dich nicht auch, zu erfahren, was hier los ist? Die ganze Sache stinkt doch zum Himmel." Becker schaute Jackson verständnislos an, schüttelte erneut verneinend den Kopf und sagte, „Willst du meine ehrliche Antwort zu dieser Sache hören, Jackson?"

„Ja natürlich, wir sind schließlich Partner."

„Was denkst du wohl? Ich habe eine Frau zwei Kinder und eine fette Hypothek. Du bist allein und trägst für niemanden außer dir selbst die Verantwortung. Deine Eltern haben dir ein schönes Erbe hinterlassen. DU musst dir also über nichts Gedanken machen. Und, um Deine Frage zu beantworten. Nein, es interessiert mich überhaupt nicht. Der Chief hat gesagt, wir sollen uns raushalten, und das werde ich auch machen." Auf einmal klingelte das Telefon von Lt. Jackson.

„Ja, Jackson hier. - Ja Sir, aber wir sind hier gerade in der Kanzlei von Connor McCauley, er ist der Nachlassverwalter von Mister Melon. Wir gehen davon aus, - ja, Becker ist auch hier." Bei der Aussage fasste sich Becker an den Kopf. „Ja, warten Sie Chief, - hier, er will Dich sprechen."

„Ja Sir - Ja aber - ich verstehe - habe ich ihr gesagt. – Ja, ich will meinen Job behalten." Auf einmal riss Jackson Becker das Telefon wieder aus der Hand und sagte, „Jetzt hören Sie mir mal zu, Sie aufgeblasener Arsch. - Nein SIE hören mir jetzt zu. Nachdem, was wir hier an Spuren sichern konnten, gehe ich davon aus, dass hier mehr als ein Mord passiert ist. - Es interessiert mich aber nicht, was der Polizeichef Ihnen gesagt hat oder wem dieser korrupte Scheißkerl glaubt, mal wieder in den Arsch kriechen zu müssen. - Alles klar, Sir. Dann nehme ich jetzt meinen Urlaub der letzten drei Jahre und danach können sich mich gerne feuern." Danach legte Jackson auf und machte sich mit einem, „AAAAAAAAAA!", Luft.

„Was hat er gesagt?", fragte Becker, sichtlich eingeschüchtert.

„Becker, du sollst ins Büro kommen, und mich hat er suspendiert. Hier sind meine Marke und meine Pistole. Und wenn du dem Chief beides gibst, sage ihm bitte, dass er und der Polizeichef mich mal an meinem schwarzen Arsch lecken können!"

„Oh nein, Jackson, komm, tu das nicht. Wir reden mit ihm. Der kriegt sich schon wieder ein." Jackson schaute Becker daraufhin mit einem entspannten Gesichtsausdruck an und meinte, „Weißt Du Becker, manchmal stellt dich das Universum vor eine Situation, um dich auf einen neuen Weg zu bringen.", woraufhin Becker nur erneut verständnislos mit dem Kopf schüttelte und fragte, „Was willst du jetzt machen, Jackson?"

„Wie gesagt, ich mache jetzt Urlaub."

„Wir wissen beide, dass DU keinen Urlaub machst. Komm, sag schon, was hast du vor?" Jackson holte Ihr Telefon aus der Tasche, klickte Ihre Bilddateien an und sagte, „Schau mal hier, das habe ich in Matthew Pures Büro gefunden."

„Ein Schreiben des Notares."

„Ja, aber schau mal, was hier auf der Rückseite steht."

„Matthew, fahre zur Nationalbank nach Vancouver."

„Genau, Becker. Und ich denke, dass Matthew und diese Lara dorthin sind."

„Und das heißt, dass du dich jetzt auch auf den Weg dorthin machst?"

„Ganz genau Becker, und du fährst zurück ins Büro."

Währenddessen hatte der Killer ebenfalls bereits die Grenze passiert, als auf einmal sein Telefon klingelte, „Ja."

„Suchen Sie sich irgendwo ein Hotel und warten Sie auf weitere Anweisungen", meinte die Computerstimme am anderen Ende.

„Aber warum, Sir? Ich denke, dass man mir in der Bank erzählen wird, was ich wissen will." „Ja, aber wir haben ein Problem. Tun sie einfach, was ich Ihnen sage, und warten Sie auf weitere Anweisungen."

„Ja, Sir."

Nachdem sich Jackson auf den Weg gemacht hatte, fuhr Becker zurück ins Büro, wo er schon vom Chief erwartet wurde. Dieser stand an der Tür zu seinem Büro und brüllte, „Becker, kommen Sie sofort in mein Büro." Was Becker sofort tat und dort angekommen sichtlich eingeschüchtert fragte. „Sie haben gerufen, Sir, was gibt es?"

„Wo zum Teufel ist Jackson?" Becker trat an den Schreibtisch des Chiefs heran, legte die Marke und die Waffe von Lt. Jackson auf den Tisch und sagte, „Ich soll Ihnen das geben und Ihnen sagen, dass Sie und der Polizeichef ihr mal an ihrem schwarzen Arsch lecken können." Der Chief schaute Becker daraufhin zähneknirschend an und sagte, „Ist das so. Wo will sie hin was hat sie vor, Becker?"

„Sir, das weiß ich nicht." Der Chief fing an zu grinsen und meinte mit ruhiger Stimme, „Sie ist Ihre Partnerin und Sie wissen nicht, wo sie hinwill oder was sie vorhat?" Doch bevor Becker darauf antworten konnte, schrie ihn der Chief auf einmal an, „Wollen Sie mich verarschen? Sie sagen mir jetzt augenblicklich, was Sie wissen.", woraufhin Becker sichtlich eingeschüchtert zusammenzuckte. Der Chief stand auf, stütze sich mit beiden Armen auf dem Schreibtisch ab und sagte, „Hören Sie mir jetzt genau zu Becker. Diese Sache hier hat weiß Gott größere Ausmaße, als Sie sich vorstellen können. Wie hoch ist die Hypothek auf Ihrem Haus Becker? Was glauben Sie, wird Ihre Frau wohl machen, wenn Sie ihr sagen, dass Sie suspendiert worden sind und Ihnen auch noch ein Verfahren wegen Behinderung der Justiz blüht."

„Sie will nach Kanada Sir, genauer gesagt nach Vancouver zur National Bank of Canada. Sie glaubt nicht daran, dass John Melon von Francesco Zampano ermordet wurde. Sie denkt vielmehr, dass alles etwas mit dieser Lara Bernstein zu tun hat." Der Chief setzte sich wieder in seinen großen, schwarzen Ledersessel, lehnte sich entspannt zurück und sagte, „Das glaubt Sie also. Was glauben Sie Becker?". Wirklich eingeschüchtert antwortete dieser, „Es ist egal, was ich glaube, Sir. Ich will nur in Frieden leben." Der Chief schaute Becker für Sekunden fragend an und meinte dann, „Ist gut Becker, gehen Sie zurück an Ihren Schreibtisch."

Nachdem Becker das Büro des Chiefs wieder verlassen hatte, griff dieser zum Telefon, „Was gibt es Chief, haben Sie Ihre kleine Wildkatze endlich an die Leine gelegt?", fragte die Stimme am anderen Ende. „Nein, dass nicht, aber ich weiß, wo Sie hinwill."

„Lassen Sie mich raten, zur National Bank of Canada in Vancouver?"

„Ja, richtig aber...", doch da unterbrach ihn die Computerstimme am Telefon bereits wieder und meinte, „Ab jetzt ist die junge Dame nicht mehr Ihr Problem Chief. Gute Arbeit." und legte auf.

Der Killer hatte sich unterdessen ein Zimmer im Samesun Vancouver gesucht, lag dort auf dem Bett und starrte in Gedanken versunken an die Decke, als auf einmal sein Telefon klingelte. „Ja"

„Postieren Sie sich vor der National Bank of Canada; unsere Zielperson wird dort auftauchen. Ich schicke Ihnen ein Foto. Sie werden ihr nichts tun, bis Sie uns zu diesem Anwalt und seiner Begleitung geführt hat. Haben wir uns da verstanden?"

„Ja, kein Problem, Sir."

Nachdem das Gespräch beendet war, schnappte sich der Killer seine Sachen und verließ das Hotel. Lt. Jackson tauchte pünktlich am nächsten Morgen zu Geschäftsbeginn vor der Bank auf.

Kapitel 6

Der Killer hatte die Nacht im Auto verbracht. Zu allem Überfluss blendete ihn nun auch noch die aufgehende Sonne und schränkte seine Sicht ein, was seine bereits schlechte Laune nicht verbesserte. „Was hast du vor, du kleines schwarzes Luder?", dachte er, als er Jackson sah, wie sie die Bank betrat. Drinnen angekommen, ging sie direkt zum Informationsschalter und sagte zu dem jungen Mann hinter dem Schalter, „Mein Name ist Lt. Jackson; ich muss mit dem Filialleiter sprechen." Als dieser kurz darauf erschien, holte sie kurz einen Ausweis raus und sagte, „Mein Name ist Lt. Jackson, kennen Sie einen Mister Matthew Pure und eine Lara Bernstein? Und waren die beiden zufällig hier?"

Der Filialleiter hob daraufhin beide Hände vor den Körper und antwortete, „Es tut mir leid Lt.; aber wir dürfen keine Auskünfte über unsere Kunden geben."

„Auch nicht, wenn es um die Vereitelung einer Straftat geht?"

„Wollen Sie sagen, dass Mister Pure in Gefahr ist?"

„Es könnte sein. War er hier?" Der Filialleiter schaute Jackson zurückhaltend an und antwortete, „Lieutenant, wenn ich Ihnen etwas dazu sage, müssen Sie mir versprechen, es vertraulich zu behandeln."

„Natürlich."

„Ja, Mister Pure war gestern in Begleitung einer jungen Frau hier."

„Und was wollte er hier?"

„Er hat etwas aus seinem Bankschließfach geholt."

„Bankschließfach?"

„Ja, es gehörte eigentlich mal jemand anderem."

„Hieß der andere zufällig John Melon?" Etwas zögernd antwortete der Filialleiter daraufhin, „Ja, es gehörte Mister Melon. Er war seit vielen Jahren Kunde bei uns. Aber wie ich kürzlich durch seinen Notar erfahren habe, ist Mister Melon Opfer eines Verbrechens geworden."

„Ja, das ist richtig. Aber kommen wir noch einmal zu dem Schließfach. Wissen Sie, was drin war?"

„Nein." Jackson schaute den Filialleiter prüfend an und sagte dann, „Kommen Sie, Sie wissen doch etwas?" Der Filialleiter schaute verlegen nach unten und antwortete, „Nein."

Doch Jackson ließ nicht locker, „Kommen sie schon, hören sie auf, natürlich wissen Sie etwas."

„Sie wollen zum Day Lake."

„Zum Day Lake?"

„Ja, der liegt im Norden. Zirka Eintausend einhundert Kilometer von hier. In der Nähe des kleinen Ortes Burns Lake. Ich war dort mal zum Angeln. Dort oben gibt es viele Seen."

„Und Sie sagen, sie sind gestern hier gewesen?"

„Ja."

Woraufhin Jackson dem Filialleiter die Hand hinhielt und sagte, „Danke. Sie haben mir sehr geholfen. Auf Wiedersehen.", reichte dem Filialleiter dabei die Hand. Im Anschluss machte Jackson sich wieder auf dem Weg.

Währenddessen saß der Killer draußen geduldig in seinem Auto und wartete. Doch als er Lt. Jackson die Bank verlassen und ins Auto steigen sah, meinte er, „Na endlich, so, und jetzt bin ich dran." Doch anstatt wie befohlen Jackson zu folgen, startete der Killer den Wagen, fuhr vor den Eingang der National, schaute kurz in den Rückspiegel, ob womöglich eine Polizeistreife hinter ihm war und betrat im Anschluss die Bank. Nachdem er festgestellt hatte, dass außer ihm, einer Mitarbeiterin an der Information und einem schwarzen, alten, grauhaarigen Wachmann, niemand in der Bank war, zog er vorsichtig seine Waffe aus dem Holster. Er positionierte diese unter seiner Jacke aus schwarzem Nappaleder und ging zielsicher auf den Infoschalter zu. Dort angekommen, zeigte er der Mitarbeiterin mit einer Kopfbewegung die Waffe und sagte, „Verriegeln Sie die Eingangstür."

„Das kann ich nicht.", antwortete die Angestellte mit zitternder Stimme.

„Keine Spielchen, Lady. Los verriegle die Tür oder ich verpasse dir eine Kugel." Nachdem Sie gemacht hatte, was der Killer wollte, forderte er sie auf, den Filialleiter zu holen.

Der Wachmann an der Tür hörte allerdings das verdächtige Klicken der Verriegelung, wurde misstrauisch, öffnete den Sicherheitsverschluss seines Holsters, griff zu seiner Waffe und kam mit den Worten, „Lucy, ist alles okay bei dir?", auf den Infoschalter zu.

Was den Killer augenblicklich dazu veranlasste, sich umzudrehen und den Wachmann mit einem, „Das hättest du lieber sein lassen sollen, Paps.", und einem gezielten Kopfschuss zu töten. Danach drehte er sich wieder zur Bankangestellten um und sagte, „So Lucy, ich werde mich nicht wiederholen. Nimm jetzt das scheiß Telefon und rufe den Filialleiter." Was diese dann auch, am ganzen Körper zitternd, machte.

Als der Filialleiter kurz darauf erschien und den toten Wachmann auf den Boden liegen sah, fragte er verstört, „Was ist hier los?"

„Sir, seien Sie vorsichtig; er hat eine Waffe.", meinte Lucy daraufhin verängstigt. Der Killer ging mit vorgehaltener Waffe auf den Filialleiter zu, zeigte auf den toten Wachmann und sagte, „Wenn du nicht so enden willst wie Paps hier, dann beantworte meine Frage. Was wollte die kleine Schlampe vorhin?"

Sichtlich eingeschüchtert antwortete der Filialleiter, „Sie sagte, sie wäre Polizistin und befragte mich zu einem Kunden."

„Geht das auch ein bisschen genauer?"

„Sein Name ist Matthew Pure. Sie wollte wissen, ob und warum er hier war."

„Weiter."

„Nachdem ich ihr gesagt hatte, dass er gestern da war und etwas aus seinem Bankschließfach geholt hat, wollte sie noch wissen, ob ich wüsste, was er vorhat, oder wo er hinwill. Sir, bitte tun Sie uns nichts, ich habe Ihnen doch gesagt, was ich weiß."

„Was haben Sie ihr geantwortet?", dabei drückte er dem Filialleiter die Pistole fest an die Stirn. „Ich habe ihr gesagt, dass er wohl zum Day Lake wollte, um dort jemanden zu treffen."

„So, zum Day Lake, sagen Sie; und wo befindet sich dieser Day Lake und wen will er dort treffen?"

„Im Norden in der Nähe von Burns Lake. Aber Ich weiß nicht, wen er dort treffen will."

„Das glaube ich Ihnen nicht, ist aber auch egal, denn das werde ich auch ohne Sie herausfinden.", und drückte ab, drehte sich um und sagte, „So, jetzt zu dir. Wie war noch gleich dein Name, ach ja, richtig, Lucy." Woraufhin Lucy völlig verängstigt bejahend nickte. Der Killer schaute die verängstigte Frau daraufhin grinsend an und sagte, „Lucy, würdest du bitte so freundlich sein und für mich die Tür wieder entriegeln." Nachdem Lucy gemacht hatte, was der Killer verlangte, sagte Sie flehend, „Bitte Sir, erschießen Sie mich nicht." Doch der Killer schaute sie nur süffisant grinsend an und verpasste ihr ebenfalls einen Kopfschuss, verließ im Anschluss die Bank, stieg ins Auto, begann seine Verfolgung, griff zum Telefon und wählte eine Nummer. „Ja", meldete sich eine Frauenstimme am anderen Ende. „Ich brauche ein Clean Up."

„Wo?"

„National Bank in Vancouver. Alle Videoaufzeichnungen von heute, sowie die Verkehrsüberwachung an der West Georgia Street, Ecke Bute und Ecke Thurlow Street."

„Alles klar, wird erledigt." Nachdem er aufgelegt hatte, wählte er erneut eine Nummer. „Was willst du?", fragt eine ruppige Männerstimme. „Ich benötige wieder ein Team."

„Wann und wieviel Leute?" Der Killer überlegte kurz und antwortete, „Morgen, und ich denke, drei sollten reichen. Aber ich will einen Scharfschützen dabeihaben."

„Morgen? Wie stellst du dir das vor? Das ist hier kein Supermarkt. - Aber gut, ich denke, das sollte trotzdem funktionieren. Kostet dich Zweihunderttausend Dollar pro Tag pro Mann. Außerdem will ich eine Sicherheitsgebühr von fünftausend. Pro Mann"

„Willst du mich verarschen?", unterbrach ihn der Killer wütend.

„Nein, will ich nicht. Das letzte Mal, als du ein Team brauchtest, hat mich das, vierundzwanzig gute Männer gekostet. Nimm es oder lass es." „Geht klar."

„Wo soll ich Sie hinschicken?"

„Das schicke ich dir heute Abend", legte auf und fing an, zu fluchen, „Zweihunderttausend plus Sicherheitsgebühr. Was bildet sich dieser Wichser eigentlich ein."

Jackson hatte die Stadt bereits auf dem Highway 97 Richtung Prince George verlassen. Matthew und Lara hatten sich ebenfalls wieder auf den Weg gemacht. „Wie lange werden wir noch unterwegs sein?", fragte Lara nach zirka drei Stunden Fahrt.

„Keine Ahnung, Lara. Aber ich denke, dass wir heute nur bis Prince George fahren werden. Von dort aus sind es nur noch zirka zweihundert fünfundsechzig Kilometer bis Burns Lake."

Bei Lt. Jackson, die gerade für einen Kaffee gestoppt hatte, klingelte plötzlich das Telefon. „Was gibt es, Becker?"

„Jackson, du solltest aufpassen; irgendetwas stimmt hier nicht."

„Warum, was ist los?"

„Nachdem ich im Büro angekommen war, wollte der Chief mich sofort sprechen und genau wissen, was du vorhast."

„Du hast ihm doch nichts gesagt, oder?"

„Jackson er hat meine Familie mit ins Spiel gebracht und mich indirekt bedroht."

„Er hat WAS?"

„Ja, du hast richtig gehört; er gleich jemanden angerufen. Jackson, ich rate dir, sei auf der Hut."

„Danke für die Informationen Becker. Es ist vielleicht besser, wenn du dich ab jetzt nicht mehr meldest.

Ich werde mal sehen, ob ich etwas in Erfahrung bringen kann."

„Alles klar, pass auf dich auf."

„Ja, das mache ich." Im Anschluss wählte Jackson eine Nummer. „Hallo Jackson, was kann ich für dich tun?", fragte eine junge Frauenstimme.

„Hi, Invisible Girl, ich brauche deine Hilfe."
„Schieß los, worum geht's?"

„Ich würde dich eigentlich nicht um so etwas bitten, aber ich brauche wirklich deine Computer Kenntnisse."

„Oh, du meinst, du hast ein schlechtes Gewissen, Bulle, weil du mich deswegen mal festgenommen hast, und ich zweieinhalb Jahre dafür im Knast verbracht habe?"

„Festgenommen habe ich dich nicht wegen deiner Computer Kenntnisse, sondern weil du dich in den Großrechner eines Finanzunternehmens gehackt und Milliardenverluste für das Unternehmen verursacht hast. Aber danke, dass du mich daran erinnerst. Jetzt macht es die Sache gleich viel leichter."

„Höre auf, hier einen auf Moralapostel zu machen, Jackson. Du weißt ganz genau, dass diese Schweine es verdient hatten, denn sie haben meine Mutter und viele andere ihrer Kunden um ihr sauer verdientes Geld gebracht. Aber vergessen wir das. Was willst du?"

„Kannst du für mich ein paar Dinge über Medical Technology, einer Lara Bernstein und einen Bexter Colin in Erfahrung bringen?" „Lady, bittest du mich gerade allen Ernstes darum, mich für dich bei Medical Technology in die Computer zu hacken?"

„Ja."

„Okay, geht klar. Ich melde mich wieder bei dir."

„Warte.", doch Invisible Girl hatte bereits aufgelegt. Es war kurz vor fünf am Abend, als Matthew und Lara über den Highway 97 Prince George erreichten. „Lara, ich habe gerade mal geschaut hier; gibt es ein Best Western - das liegt direkt in unserer Richtung am Highway 16."

„Ja klar, warum nicht." Nachdem die beiden das Hotel erreicht und eingecheckt hatten, fragte Lara, im Zimmer, angekommen, „Kann ich die Autoschlüssel haben? Ich habe vorhin eine Mall entdeckt und will dort noch einmal hin."

„Was willst du denn dort?"

„Ich will zum Friseur und mir etwas anderes zum Anziehen kaufen." Matthew, der sich bereits mit einem tiefen Seufzer der Erleichterung aufs Bett geworfen hatte, meinte darauf nur grinsend, „Du meinst, dir gefällt dein Vampire-Stil nicht mehr? Ich habe mich bereits an deinen schwarzen Hosenanzug und deine streng nach hinten gebundene Haare gewöhnt. Hat was von Twilight", warf ihr die Schlüssel zu und meinte, „Viel Spaß beim Shoppen; ich denke, dass ich derweil in die Wanne gehe."

Doch als Lara das Zimmer verlassen hatte, stand Matthew auf, setzte sich wieder aufs Bett, griff zum Telefon, welches auf dem Nachttisch stand, und wählte eine Handynummer, „Si", antwortete es auf der anderen Seite. „Hallo Francesco, bist du das?"

„Ja Matthew, was gibt es."

„Es tut mir leid, dass ich mich erst jetzt melde, aber mein Telefon ist verschwunden. Ich glaube, Connor wurde umgebracht." Wieso glaubst du das?" Und so erzählte Matthew Francesco von dem Telefonat.

„Wo bist du jetzt?", fragte Francesco besorgt.

„Ich bin in Kanada, ich verfolge eine Spur."

„In Kanada? Wo genau?"

„In Prince George."

„Okay Matthew, höre zu. Ich werde ein paar Anrufe tätigen und herausfinden, was mit Connor passiert ist. In welchem Hotel bist du?"

„Best Western. Am Highway 16."

„Gut, in zwei Stunden wird jemand ein neues Telefon für dich an der Rezeption abgeben. Aber erzähle deiner Begleitung nichts davon." „Ja, okay."

„Ich meine es ernst, Matthew."

„Ich habe dich verstanden Francesco."

„Gut mein Junge, sei vorsichtig, Ich melde mich wieder bei dir."

„Alles klar." Matthew legte den Hörer auf und ging ins Badezimmer.

Kapitel 7

Nach zirka zwei Stunden tauchte Lara wieder auf. Sie trug ein weißes Dekolleté-freies, über ihren Knien endendes, Sommerkleid mit Blümchenmuster; welches nur mit jeweils zwei dünnen Trägern über den Schultern zusammengebunden war. Ihre Haare trug sie nun offen, wobei ihr kleine Strähnchen über der Augenbraue in Gesicht hingen. Matthew, der gerade auf dem Bett saß, war völlig hin und weg und brachte in diesem Moment nichts weiter als ein, „Wow.", heraus. Lara trat daraufhin an ihn heran, beugte sich zu ihm runter, küsste ihn am Hals und flüsterte ihm ins Ohr, „Schön, dass es dir gefällt." Dann nahm sie seine linke Hand und führte diese seitlich an ihren Beinen entlang zu ihren Pobacken, wobei Matthew feststellte, dass sie unter dem Kleid nichts trug. Nachdem Lara gemerkt hatte, dass sie nun Matthews volle Aufmerksamkeit hat, warf sie ihn nach hinten und setzte sich auf ihn, öffnete sein Hemd und fing an, ihn auf seine Brust zu küssen.

Währenddessen saß Francesco in seinem Büro und wartete auf Luigi.

„Hast du etwas herausgefunden, Luigi?", fragte er, als dieser kurz darauf in seinem Büro auftauchte. „Si, Signore Zampano. Nachdem ich ihn nicht in seiner Kanzlei angetroffen hatte, fragte ich herum, und einer unserer Informanten bei der Polizei sagte mir, dass es bei einem routinemäßigen Besuch einer ermittelnden Beamtin Hinweise auf ein Verbrechen gab. Ich denke, Sie sollten ihn anrufen." „Wen? Du meinst, er hat was damit zu tun?" Woraufhin Luigi nur verlegen mit den Schultern zuckte. Mit einer typisch italienischen Handgestik meinte er, „Gut, danke, ich werde mich darum kümmern." Er goss sich ein Glas Rotwein ein, ging rüber zum Schreibtisch, setzte sich in seinen großen Sessel, zündete sich eine Zigarre an und griff zum Telefon. Wo sich am anderen Ende kurz darauf eine ältere Männerstimme meldete und fragte, „Francesco, wie komme ich zu dieser Ehre?"

„Wie ich sehe, hast du noch immer meine Nummer, Bexter."

„Natürlich. Aber, um das herauszufinden, rufst Du sicher nicht an. Also, was willst du?"

„Das kann ich dir sagen, Connor ist tot."

„Connor ist tot?", wiederholte Bexter, sichtlich überrascht.

„Ja, er wurde in seiner Kanzlei umgebracht."

„So, und du denkst also, dass ich etwas damit zu tun habe. Ja?"

„Ich weiß es nicht, sag du es mir."

„Warum sollte ich Connor umbringen?"

„Ich weiß es nicht Bexter. Vielleicht aus demselben Grund, aus dem du unsere Freundschaft verraten hast?"

„Ich habe nichts mit Connors Tod zu tun. Und DAS damals – Francesco, wir waren jung. Ihr bliebt euren Schwur treu, und ich bekam das Mädchen. Aber mal ganz ehrlich, was sollte Connor gemacht haben, dass ihn jemand tot sehen will? Er war Notar."

„Ja, und der Nachlassverwalter von John." „John ist auch tot?"

„Ja, er wurde in seiner Kanzlei brutal ermordet."

„Ich denke, dass beide Morde miteinander zu tun haben. John hatte einen Fall, der mit einem Pharmakonzern zusammenhing." Bexter überlegte kurz und fragte dann, „Ah, verstehe, und der Pharmakonzern heißt nicht zufällig Medical Technology?"

„Das weiß ich nicht, Bexter. Aber ich werde es herausfinden."

„Die Zeit kannst du dir sparen. Bei dem Pharmakonzern handelt es sich um Medical Technology. Und ich kann dir auch sagen, wer John damit beauftragt hat?"

„Wer?"

„Dieselbe Person, die mich wegen sexueller Nötigung am Arbeitsplatz angezeigt hat."

„Und verrätst du mir irgendwann auch noch den Namen?"

„Lara Bernstein. Sie hat auch bis vor kurzem noch für uns gearbeitet. Dann hat sie angefangen, rumzuschnüffeln und Unterlagen zu einem Projekt in China gestohlen. Was dem Eigentümer von Medical Technology überhaupt nicht gefiel. Dieser wies mich dann an, sie zu feuern."

„Um was ging es bei diesem Projekt, Bexter?"

„Francesco, ich kann und darf dir darüber nichts erzählen. Nur so viel, dass es um Virenforschung ging. Und, dass Lara Bernstein ein psychisches Problem hat."

„Virenforschung sagst Du?"

„Ja. Und ich denke, dass ich dir jetzt genug erzählt habe. Mache es gut, und pass auf Dich auf.", und legte auf. Francesco überlegte kurz und rief Luigi. Als dieser kurz darauf in seinem Büro auftauchte, sagte er, „Luigi, pack ein paar Sachen ein; wir fliegen nach Kanada."

Matthew und Lara hatten unterdessen Ihr Liebesspiel beendet und waren eingeschlafen, als auf einmal das Zimmertelefon klingelte.

„Ja bitte?", fragte Matthew noch etwas verschlafen. „Hallo Mister Pure, ich sollte Sie doch wecken - und könnten sie kurz herunterkommen - jemand hat ein Päckchen für Sie abgegeben."

„Ja, ich komme runter."

„Was ist los?", fragte Lara.

„Nichts. Schlaf weiter. Das war nur die Rezeption. Ich hatte Ihnen gestern gesagt, dass sie mich um sechs wecken sollen."

„Warum so früh?"

„Ich will laufen gehen; das hilft mir immer, meine Gedanken zu ordnen. Ich denke, dass ich in etwa einer Stunde wieder da bin."

„Alles klar.", meinte Lara daraufhin verschlafen, drehte sich auf die andere Seite, zog sich die Bettdecke über den Kopf und schlief weiter. An der Rezeption angekommen, meinte die Mitarbeiterin, eine zirka ein Meter fünfundsechzig große und zierlich gebaute Asiatin, „Guten Morgen, Mister Pure, dort in der Sporttasche sind die Sachen, um die Sie mich gestern gebeten hatten. Ich hoffe, es passt alles? Den bestellten Anzug lasse ich Ihnen nachher aufs Zimmer bringen, und hier ist noch das Päckchen, welches für Sie abgegeben wurde.", dabei schob sie ihm das Päckchen über den Tresen.

„Vielen Dank, Mai Link. Kann ich mich hier irgendwo umziehen?"

„Ja natürlich, wenn es Sie nicht stört, können Sie das hier in unserem Aufenthaltsraum machen; außer mir ist noch niemand hier." Dabei schob sie einen Stoffvorhang beiseite und zeigte auf den dahinter befindlichen kleinen Raum.

„Gerne danke." Nachdem Matthew sich die Sportklamotten und Turnschuhe angezogen hatte, öffnete er das Päckchen, holte das darin befindliche Handy heraus, schaltete es ein und begab sich nach draußen. Dort angekommen, schaute er sich kurz um, steckte das Handy in seine Hosentasche und lief los. Als er eine Stunde später wieder am Hotel auftauchte, klingelte auf einmal das Handy.

Matthew holte das Handy aus seiner Tasche, schaute kurz auf die Nummer und fragte, nachdem er das Gespräch angenommen hatte, „Francesco, bist Du das?"

„Natürlich, mein Junge. Ich sehe, dass du das Päckchen erhalten hast. Aber erzähle deiner Begleitung nichts von dem Handy."

„Warum nicht?"

„Weil mit ihr etwas nicht stimmt. Wo bist du jetzt?"

„In Prince George, das weißt Du doch. Ich war gerade laufen, gehe jetzt duschen und fahre dann weiter nach Burns Lake, um Tom zu treffen."

„Ja richtig. Okay Matthew, aber sei vorsichtig."

„Ja."

Lara war unterdessen aufgestanden, stand am Fenster und beobachtete Matthew während des Telefonats. Als dieser kurz darauf wieder im Zimmer auftauchte, fragte Sie, „Und, wie war dein Lauf."

„Super, danke, und ging ins Bad."

Lara folgte ihm und fragte in der Tür stehend, „Gibt es was Neues?"

„Nein, was soll es Neues geben. Ich gehe jetzt kurz duschen, und dann sollten wir uns wieder auf den Weg machen."

„Okay. Dann lass ich dich jetzt mal allein.", drehte sich um und ging zurück zum Bett. Auf einmal klopfte es an der Tür.

„Lara, kannst du mal bitte aufmachen. Ich stehe bereits unter der Dusche.", rief Matthew aus dem Bad. Woraufhin Lara zur Tür ging, diese öffnete und etwas genervt fragte, „Was ist?"

„Hallo Miss, bitte entschuldigen Sie die Störung, aber ich wollte Mister Pure nur seinen Anzug bringen.", antwortete Mai Ling von der Rezeption. Woraufhin Lara ihr diesen mit den Worten, „Geben Sie her.", aus der Hand riss und die Tür wieder zuschlug. Matthew war zwischenzeitlich aus dem Bad gekommen, hatte Laras Handlungen bemerkt und fragte daraufhin, „Alles Okay bei Dir? Warum hast Du die Kleine so angefahren?" Lara wendete sich daraufhin Matthew zu, lächelte und antwortete, „Bitte entschuldige, ich war gerade in Gedanken." Im Anschluss machten sich beide fertig und setzten Ihre Reise fort.

Kapitel 8

Lieutenant Jackson hatte mittlerweile ebenfalls Prince George erreicht, stoppte vor einem Supermarkt und war gerade im Begriff auszusteigen, als Ihr Telefon klingelte. Jackson schaute auf ihr Telefon, sah, dass es eine Washingtoner Nummer war und dachte, „Ich kenne niemanden in Washington.", nahm den Anruf aber trotzdem an und fragte, „Ja, Jackson hier, wer spricht dort?" Die Stimme am anderen Ende fing daraufhin an zu lachen und sagte, „Na Bulle, wie geht's? Ich habe ein paar Informationen für Dich."

„Invisible Girl, bist Du das?"

„Ja. Wo bist Du jetzt?"

„Ich bin in Prince George. Aber erzähl mir lieber, was du herausgefunden hast?"

„Okay, fangen wir mit Bexter Collin an. Er ist der Geschäftsführer von Medical Technology. Der Pharmakonzern betreibt in China ein Labor zur Virenforschung. Dort hat es vor kurzem angeblich einen Überfall gegeben, wobei alle Mitarbeiter des Labors getötet wurden. Deine Lara ist auch kein unbeschriebenes Blatt, und wie du sicher schon weißt, habt Ihr im Zusammenhang mit Bexter Collin auch eine Akte über sie."

„Ja, das weiß ich schon."

„Was du aber sicher nicht weißt ist, dass die Kleine ein Borderliner mit psychosomatischen Störungen ist."

„Sie ist WAS?"

„Ja, richtig gehört. Ich habe Ihre Krankenakte gelesen. Und ich kann dir sagen, die Kleine ist nicht ohne.

„Warum?"

„Sie neigt zu heftigen unkontrollierten Wutausbrüchen. Während einer Hofpause hatte sie einer Mitschülerin den Kiefer mehrfach gebrochen, nur weil diese sich an Ihren Freund ran gemacht hat. Und einer Lehrerin hat sie verbal so lange zugesetzt, bis diese im Klassenraum mit einem Herzinfarkt zusammenbrach und starb. Auf Grund dieser Vorfälle wurde sie von der Schule suspendiert und ihr per Gerichtsbeschluss auferlegt, sich in psychiatrische Behandlung zu begeben. Über den Anwalt gibt es nicht viel zu sagen. Ist bei der Mutter aufgewachsen. Schule, Studium, im Übrigen sind sie und der Anwalt ganz in deiner Nähe?"

„Woher weißt du das?"

„Er hat vor zirka einer Stunde in Begleitung einer Frau mit seiner Kreditkarte aus dem Best Western am Highway sechzehn ausgecheckt. Daraufhin habe ich mir die Videoüberwachung des Hotels angeschaut."

„Dann muss ich sofort hinter ihnen her. Ich danke dir. Ach, und wenn er das nächste Mal seine Kreditkarte benutzt, sag mir Bescheid."

„Alles klar, mach ich Bulle." Im Anschluss stieg Lt. Jackson sofort wieder in ihr Auto und nahm die Verfolgung auf. Der Killer war unterdessen auch in Prince George angekommen, hatte allerdings damit zu tun, sich aufgrund einer Geschwindigkeitsübertretung mit einer Polizeistreife auseinandersetzen zu müssen. Nachdem diese ihn gestoppt hatte, kam einer der Beamten an die Fahrertür, klopfte an die Seitenscheibe und forderte, „Sir, bitte öffnen Sie das Fenster mit der rechten Hand." Ein zweiter Officer näherte sich unterdessen von der Beifahrerseite aus. Um kein Aufsehen zu erregen, kam der Killer dieser Aufforderung nach und fragte, „Was ist das Problem Officer?"

„Führerschein und Fahrzeugpapiere bitte."

Nachdem der Killer ihm diese übergeben hatte, schaute sich der Officer diese längere Zeit an, wobei er immer wieder erst auf den Führerschein und dann den Killer anschaute und schließlich sagte, „Sir, bleiben

Sie bitte im Wagen." gab seinem Kollegen mit einem Kopfnicken einen Hinweis und ging zurück zum Streifenwagen. Als er kurz darauf zurückkam, meinte er, „Sir, der Grund, warum wir Sie angehalten haben, ist, dass Sie in einer Dreißiger-Zone mit fünfundfünfzig km/h unterwegs waren. Das kostet Sie 150 Dollar. Außerdem liegt gegen Sie ein offenes Ticket wegen Falschparkens vor."

„Falschparken. Wo?", fragte der Killer irritiert. „Sie haben vor zwei Tagen vor der Nationalbank in Vancouver geparkt. Dort ist absolutes Halteverbot. Und da Sie Amerikaner sind, muss ich dieses Ticket auch gleich abkassieren."

„Okay Officer, was macht das?" Der Officer holte daraufhin seinen Quittungsblock raus, fing an zu schreiben und meinte währenddessen, „Einhundertfünfzig Dollar wegen Geschwindigkeitsüberschreitung und fünfzig Dollar wegen Falschparkens in einer verkehrsberuhigten Zone. Das macht zusammen 200 Dollar. Wollen Sie bar zahlen oder mit Karte?" Woraufhin der Killer zähneknirschend antworte, „ich zahle bar, dem Officer die zweihundert Dollar aushändigte und fragte, War es das Officer?" Dieser gab dem Killer seine Papiere wieder und meinte, „Ja Sir, das war es von unserer Seite. Angenehme Weiterfahrt, und achten Sie bitte auf die vorgeschriebene Geschwindigkeit."

Nachdem der Killer wieder losgefahren war, nahm er sofort sein Telefon und wählte eine Nummer. „Was gibt's?", fragte eine männliche Stimme am anderen Ende der Leitung. „Die Männer sollen sich auf den Weg machen."

„Und wo wollt Ihr euch treffen?" " In der Nähe von Burns Lake gibt es einen kleinen Flughafen; dort sollen sie landen. Falls jemand fragt, gehören sie zu einem Kontrollteam für die in der Nähe gebaute Ölpipeline. Danach treffen wir uns direkt im Sunshine Inn. Dort bekommen sie weitere Informationen. Hast du an den Scharfschützen gedacht?"

„Ja, habe ich."

„Gut. Das Geld ist bereits überwiesen." und legte auf. Francesco war mit Luigi mittlerweile auch in Vancouver gelandet und traf sich dort mit seinem Cousin. Bexter Collin saß unterdessen nichtsahnend in seinem Büro, als plötzlich die Tür aufging und eine ältere Dame in Begleitung zweier großer, in schwarzen Anzügen bekleideter, Männer dieses betrat. Wobei einer der zwei Männer, beide mit Militärhaarschnitt, zwei zirka vierzig Liter große Plastikkanister bei sich trug. „Kann ich helfen?", fragte Bexter Collin daraufhin überheblich. Die ältere Dame holte wortlos ein Handy aus der Tasche und wählte eine Nummer. Kurz darauf klingelte Bexter Collins Handy, welches auf dem Schreibtisch lag. Mit einem Kopfnicken zeigte ihm die Dame, dass er ran gehen soll.

„Ja, wer ist dort?", fragte Bexter Collin. Woraufhin sich eine männliche Computerstimme meldete, „Schön, dass wir uns endlich mal persönlich kennenlernen." Bexter Collin schaute auf die Frau und sah, dass sie es scheinbar war, die mit ihm sprach. „Was schauen sie so entgeistert, Mister Collin? Das hätten Sie nicht erwartet, oder?", fragte die alte Dame, die mittlerweile das Handy wieder in Ihre Tasche gesteckt hatte. „Wer sind Sie und was wollen Sie von mir?", fragte Bexter sichtlich eingeschüchtert.

Die alte Dame schüttelte daraufhin verständnislos mit dem Kopf und antwortete, „Das enttäuscht mich jetzt aber Mister Collin. Nun arbeiten Sie schon seit fast zwanzig Jahren für mich und wissen immer noch nicht, wer ich bin? Ich bin Ihre Auftraggeberin. Mir gehört Medical Technology. Und ich war es auch, die Sie beauftragt hatte, sich um das Labor in China zu kümmern und mir die Formel zu besorgen. Aber es hat den Anschein, dass Sie dazu nicht in der Lage sind. Deshalb werde ich mich jetzt allein darum kümmern.", holte im selben Augenblick eine Pistole mit Schalldämpfer aus der Tasche und schoss Bexter Collin in den Kopf. Trat an seinen Schreibtisch, verpasste ihm noch zwei Kugeln in die Brust und meinte, „Und das ist für das, was dein Großvater getan hat.", drehte sich zu Ihren Begleitern um und sagte, „schafft ihn ins Bad und sorgt dafür, dass er verschwindet. Woraufhin die beiden Männer Bexter Collin ins Bad schafften, ihn dort in die Wanne legten, sich Masken aufsetzten, die mitgebrachten Kanister nahmen und ihn vorsichtig mit der darin befindlichen Salzsäure übergossen. Die alte Dame hatte es sich unterdessen in Bexter Collins Schreibtischsessel gemütlich gemacht. Als kurze Zeit später die beiden Männer wieder aus dem Bad kamen und meinten, „Alles erledigt.", stand sie auf, nahm Bexter Collins Handy und sagte, „Sergej, rufe den Piloten an und sage ihm, dass er die Maschine startklar machen soll." Im Anschluss verließen alle drei das Büro.

Kapitel 9

Matthew und Lara hatten unterdessen den kleinen Ort Burns Lake erreicht. „Schau mal, das kleine Café dort. Was hältst du davon, dort einen Kaffee trinken und etwas essen." meinte Lara, während sie gerade die Mainstreet entlangfuhren.

„Gute Idee Lara, dann kann ich auch gleich versuchen, Tom zu erreichen." Und so steuerte Matthew den Land Rover auf den gegenüberliegenden Parkplatz und betrat kurz darauf mit Lara das Café. Drinnen angekommen, roch es nach frisch gebackenen Kuchen und Kaffee. Sie gingen direkt zum Tresen, wo sie von einer Mitarbeiterin sofort freundlich begrüßt wurden. Nachdem sie bestellt hatten, setzten sie sich an einen der Fenstertische. „Ich werde mal versuchen, Tom zu erreichen.", meinte Matthew; woraufhin Lara antwortete, „Mach das. Ich gehe mal aufs Klo, denn ich muss schon seit über einer Stunde pinkeln."

„Warum hast du nichts gesagt? Ich hätte doch unterwegs anhalten können." antwortete Matthew lächelnd. „Ja, natürlich. Damit ich mich dann irgendwo in den Busch setze." und verschwand kopfschüttelnd hinter einer Tür, die zu den Toiletten führte. Matthew nahm sein Telefon raus und rief Tom an. Als dieser sich kurz darauf meldete, sagte Matthew, „Hallo Tom, wir sind in Burns Lake angekommen."

„Sehr gut. Wir müssen uns unbedingt treffen, aber allein."

„Wieso allein?", fragte Matthew etwas irritiert.

„Ich habe ein paar Informationen bezüglich dieser Lara. Darüber wollte ich schon mit John reden, doch bevor ich das tun konnte, wurde er umgebracht. Wo ist sie jetzt?" Matthew drehte sich um und sah, wie Lara gerade wieder durch die Tür kam. „Sie kommt gerade vom Klo zurück."

„Okay, lass dir nichts anmerken; wir treffen uns heute Abend am Kager Lake. Ich schicke dir die Koordinaten auf dein Telefon."

„Okay.", und legte auf.

„Wer war das?", fragte Lara, nachdem sie sich wieder zu Matthew an den Tisch gesetzt hatte.

„Das war Tom, ich soll dich schön grüßen." Lara schaute Matthew daraufhin etwas skeptisch an und wiederholte, „Schön grüßen? Ich dachte, wir wollen uns mit ihm treffen?"

„Ja, das machen wir auch, aber erst morgen. Er hat heute noch geschäftlich in Smithers zu tun und kommt erst morgen zurück. Wir sollen uns ein Zimmer im Sunshine Inn nehmen. Und Morgen treffen wir uns dann an seiner Blockhütte." Immer noch skeptisch fragte Lara, „Seit wann hast du wieder ein neues Telefon? Du hattest deines doch verloren?"

„Na ja, nachdem meines nun spurlos verschwunden ist, habe ich mir dieses in Prince George besorgt. Aber nun genug der Fragerei, komm lass uns ins Sunshine Inn fahren, bevor dort alle Zimmer vermietet sind." Lara schaute Matthew an, begann zu lächeln und sagte, „Ja, du hast recht, Matthew.", drehte sich Richtung Tresen und gab der dort wartenden Kellnerin mit einer Handbewegung zu verstehen, dass Sie zahlen wollen. Als das erledigt war, gingen die beiden zurück zum Auto und fuhren zum Sunshine Inn, welches direkt am Ortsausgang und am Highway lag.

An der Rezeption angekommen, fragte der Mitarbeiter, „Wie kann ich Ihnen helfen?"

„Wir hätten gerne ein Doppelzimmer.", antwortete Matthew daraufhin. Der Mitarbeiter schaute in seinen Computer und antwortete lächelnd, „Da haben sie aber Glück Sir, ich habe noch genau ein Zimmer im zweiten

Stock mit Terrasse. Zimmer zweihundertzwölf; wie wollen sie zahlen, bar oder mit Karte?"

„Mit Karte.", antwortete Matthew und gab dem Mitarbeiter seine Kreditkarte. Nachdem alles erledigt war, gingen die zwei aufs Zimmer. Dort angekommen meinte Lara, „Mach was du willst Matthew, aber ich nehme jetzt erst einmal ein schönes Bad und lege mich dann ins Bett." Matthew schaute auf seine Uhr und antwortete, „Mach das, ich werde mich umziehen und joggen gehen."

Etwa zeitgleich klingelte bei Lt. Jackson das Telefon. „Ja, Jackson hier?"

„Hallo Bulle, ich habe doch gesagt, dass ich mich wieder melde, wenn ich etwas herausgefunden habe."

„Was gibt es, Invisible Girl?"

„Der Anwalt hat gerade seine Kreditkarte im Sunshine Inn in Burns Lake benutzt. Ich könnte ihn auch für dich tracken, wenn du willst?"

„Wie das? Sein Telefon ist aus."

„Ja, mittlerweile ist es aus. Weil der Akku leer ist. Ich konnte es aber vorher noch in einem Mülleimer vor einem Motel in Hope lokalisieren. Ich meinte aber sein neues Telefon?"

„Neues Telefon?"

„Ja Bulle, er hat es in Prince George benutzt - das habe ich über die Videoüberwachung vor dem Best

Western gesehen. So konnte ich es auch anzapfen. Seitdem hat er es zweimal benutzt. Einmal in Prince George und heute."

„Heute?"

„Ja, vor zirka einer halben Stunde in Burns Lake. Was ist, soll ich ihn für dich anzapfen? Dann weißt du immer, wo er ist."

„Wie soll das gehen?"

„Schau mal auf dein Telefon, Bulle." Lt. Jackson schaute daraufhin auf ihr Smartphone. Im selben Moment öffnete sich eine Tracking App und zeigte einen kleinen roten Punkt an."

„Hast du mich angezapft?", woraufhin Invisible Girl anfing zu lachen und sagte, „Was willst du jetzt machen, Bulle, mich wieder verhaften? Entspann dich mal, jetzt weißt du immer, wo er sich befindet." Und legte auf. Lt. Jackson starrte auf ihr Telefon, fing an zu grinsen und sagte, „Wie sagt man so schön, der Zweck heiligt die Mittel.", steckte das Telefon wieder ein und setzte ihre Reise fort. Mittlerweile war auch das vom Killer angeforderte Team auf dem kleinen Flugplatz kurz vor Decker Lake gelandet und nahm Kontakt zum Killer auf. Dieser gab ihnen die Anweisung, den Flughafen zu säubern und auf seine Ankunft zu warten. Francesco hielt sich unterdessen immer noch in Vancouver auf dem Anwesen seines Neffen auf. „Luigi, hast du das Telefon von Matthew lokalisiert?"

„Si."

„Wo befindet sich der Junge jetzt?"

„Er ist in Burns Lake."

„Burns Lake? Gehts auch etwas genauer? Wo befindet sich dieses Burns Lake?" fragte Francesco sichtlich genervt.

„Etwa eintausend zweihundert Kilometer von hier. Dort gibt es auch einen kleinen Flugplatz."

„Gut.", Francesco nahm sein Telefon und versuchte, Bexter Collin zu erreichen.

Matthew hatte unterdessen das Hotel verlassen und begab sich auf den Weg zum Kager Lake. Zirka zwanzig Minuten später dort angekommen, rief er Tom an.

„Wo bist du Tom?"

„Dreh dich mal um.", was Matthew auch machte und sofort erschrocken zurückwich, als er sah, dass Tom nun direkt hinter ihm stand.

„Mann, Tom, was soll diese Geheimnistuerei?"

„Lara ist nicht die, die sie vorgibt zu sein?"

„Was soll das heißen?"

„Sie hat doch behauptet, dass sie von ihrem Chef genötigt wurde, Medical Technology zu verlassen, nachdem sie angeblich ein paar Dinge herausgefunden hatte."

„Ja und?"

„Die Polizei hat eine Akte über sie. Aus der geht hervor, dass sie ein Verhältnis mit ihrem Chef Bexter Collin hatte."

„Bexter Collin sagst du?"

„Ja. Wieso, kennst du ihn?

„Nicht persönlich."

„Matthew, hast du den Stick?"

„Ja, aber er lässt sich nicht öffnen."

„Das ist auch so beabsichtigt. Höre zu, du bringst sie und den Stick morgen zu meiner Hütte am Day Lake. Dort werde ich ihr ein wenig auf den Zahn fühlen und sie mit einer anderen Sache konfrontieren."

„Was für eine andere Sache?"

„Wie ich weiter herausgefunden habe, leidet Lara an einer Borderline Persönlichkeitsstörung."

„Was?"

„Ja, diese wurde in ihrer High-School Zeit diagnostiziert und in einer Klinik in der Schweiz über mehrere Monate behandelt. Auslöser waren mehrere Vorfälle in ihrer Schule."

„Was für Vorfälle?", unterbrach ihn Matthew.

„Nachdem Sie von einer Lehrerin wegen nicht gemachter Hausarbeit schlecht benotet wurde, rastete Lara aus und beleidigte die Lehrerin, bis diese einen Herzinfarkt erlitt, vor Lara zusammenbrach. Und anstatt zu helfen, meinte Lara nach Aussage mehrerer Mitschüler wohl nur, „Verrecke, du alte Schachtel.", und verließ den Raum. Nachdem Lara weg war, rief ein Mitschüler den Notruf, doch die herbei gerufenen Rettungssanitäter konnten nur noch den Tod der Lehrerin feststellen. Zwei Monate später brach sie einer Mitschülerin mit Faustschlägen mehrfach den Unterkiefer, nur weil diese sich an ihren damaligen Schulfreund ran gemacht hat." Matthew schaute Tom daraufhin fragend an und sagte, „Du willst mir jetzt aber nicht damit sagen, dass sie vielleicht John umgebracht hat?"

„Ich weiß es nicht, Matthew. Aber es wäre zu mindestens denkbar."

„Aber warum, sie kam doch zu ihm?"

„Was, wenn John herausgefunden hatte, dass sie ein Verhältnis mit ihrem Chef hatte und sie damit konfrontiert hat?"

„Du meinst, dass er sich mit ihr in seiner Kanzlei getroffen hat, sie mit der Akte der Polizei konfrontiert, sie daraufhin in eine Stresssituation geraten ist, auf ihn losgegangen ist und ihn in einem Anflug von Raserei umgebracht hat?"

„Wäre bei ihrem Krankheitsbild auf jeden Fall denkbar. Denn Borderline Patienten neigen in Stresssituation zu unkontrollierbaren Wutausbrüchen."

Matthew setzte sich auf die hinter ihm stehende Bank, schaute Tom an und fragte, „Was machen wir jetzt?"

„Ganz einfach, wie schon gesagt, du bringst sie morgen zu meiner Blockhütte am Day Lake und dort werde ich sie dann mit der Polizeiakte und der Krankenakte konfrontieren. Dann sehen wir, wie sie reagiert."

Matthew schaute auf seine Uhr und antwortete, „So machen wir das. Ich werde jetzt zurück zum Hotel, bevor sie Verdacht schöpft."

„Soll ich dich mitnehmen?"

„Nein. Ich habe ihr gesagt das ich joggen gehe, also sollten meine Klamotten auch dementsprechend aussehen."

„Okay Matthew, ich rufe dich nachher an und gebe dir die Adresse durch."

„Alles klar." Nachdem sich die beiden voneinander verabschiedet hatten, lief Matthew zurück zum Hotel. Im Zimmer angekommen, saß Lara auf dem Bett und fragte wütend, „Wo warst du Scheißkerl? Hast du dich, wie in Prince George schon, wieder mit so einer kleinen Asiaten Schlampe zum Ficken getroffen, ja? Los, sag schon?" Matthew schaute Lara daraufhin nur kopfschüttelnd an und fragte, „Geht es dir gut?"

Auf einmal sprang Lara auf, fing an zu lachen und sagte, „War nur Spaß, Matthew. Aber du hättest mal deinen Gesichtsausdruck sehen sollen. Ich habe uns zu neunzehn Uhr einen Tisch im Restaurant reserviert." Um sich nichts weiter anmerken zu lassen, fing Matthew ebenfalls zu lachen an und sagte, „Das war aber gruselig, du hättest mal deinen Gesichtsausdruck sehen sollen. Einen Tisch zu neunzehn Uhr sagst du? Gut, ich springe rasch unter die Dusche, und dann können wir auch schon los."

Kapitel 10

Lt. Jackson hatte in der Zwischenzeit, wie auch der Killer, Burns Lake erreicht. Dort angekommen fuhr sie direkt zum Sunshine Inn und nahm sich ein Zimmer. Der Killer jedoch fuhr weiter zum Flugplatz, wo er bereits erwartet wurde. Als er auf dem kleinen Areal ankam, sah alles ruhig aus. Am Rand des Flugfeldes standen mehrere kleine Sportflugzeuge. Neben dem großen weißen Hangar befanden sich zwei Hubschrauber der Feuerwehr. Der Killer fuhr direkt zum Hauptgebäude, einem einstöckigen quaderförmigen Haus mit Vorbau. Dort angekommen, parkte er direkt vor dem Haus, schaute sich um und ging zur Eingangstür, an der sich zwei DIN A4 große Zettel befanden. Auf dem einen standen die Öffnungszeiten und Telefonnummern für Serviceinformationen und der andere wies daraufhin die Tür immer geschlossen zu halten.

Er schaute durch die Glasscheibe ins Innere und betätigte dabei den Türgriff. Nachdem er das Haus betreten hatte, schaute er sich um. Ein paar Sessel wiesen darauf hin, dass es sich um den Wartebereich handeln könnte. Dessen Decke zierte ein Modell- Flugzeug. Doch als er den zweiten Raum betreten wollte, hielt ihm auf einmal jemand von hinten eine Waffe an den Kopf und sagte, „Wer bist du, und was hast du hier zu suchen?" Woraufhin sich der Killer umdrehte und genervt antwortete, „Ich bin der, der euch angefordert hat und die ganze Sache hier bezahlt. Und jetzt nimm deine scheiß Waffe runter, bevor ich sie dir in den Arsch schiebe." Was dieser, ein zirka ein Meter fünfundachtzig großer sportlicher, in Militäruniform gekleideter Mann, dann auch sofort machte und sagte, „Verzeihung Sir, ich bin übrigens Deryl, ehemals Lieutenant des US Marine Corps. Wir hatten hier ein kleines Problem."

„Was für ein Problem, Lieutenant Deryl?", unterbrach ihn der Killer.

„Kommen Sie mit, ich zeige es Ihnen, Sir." Sie gingen den Flur entlang, wo Deryl kurz darauf vor einer Tür stehen blieb, diese öffnete und sagte, „Von diesem Problem hier spreche ich.", und dabei auf vier auf dem Boden sitzenden und mit den Armen auf den Rücken gefesselten Leuten - drei Männer und eine Frau - zeigte." Der Killer schaute die vier an und fragte, „Wer sind die?"

„Die zwei in Overall gekleideten Männer haben wir drüben im Hangar entdeckt. Die scheinen hier zu arbeiten. Und die zwei hier.", dabei zeigte er auf die Frau und den daneben sitzenden Mann, „sind kurz nach unserer Ankunft mit dem Flugzeug gelandet, um zu tanken." Der Killer holte daraufhin seine Pistole mit Schalldämpfer raus, schoss allen vieren in den Kopf, steckte seine Pistole wieder ein und sagte, „Problem gelöst, Lieutenant Deryl. Wo ist eigentlich der Rest des Teams? Ich hatte vier Leute bestellt."

„Die sind draußen, Sir, und sichern die Umgebung. Soll ich sie rufen?"

„Ja." Woraufhin Deryl sich mit dem Zeigefinger der rechten Hand ans Ohr fasste, in dem sich ein kleiner Ohrstöpsel befand, und sagte, „Ihr habt ihn gehört, kommt zum Hauptgebäude." Als der Rest des Teams kurz darauf im Hauptgebäude auftauchte, kam der Killer gleich zur Sache. „Wie es aussieht, bist du der Scharfschütze.", dabei zeigte er auf einen zirka nur ein Meter sechzig großen jungen, hageren Mann, der ein G3 mit Zieloptik in der Hand hielt.

„Sir, ja Sir. Staff Sergeant Tom Hardy, ehemals US Marine Corps.", antwortete der junge, hagere Mann voller Stolz.

„Und wer seid ihr zwei. Und was sind das für Uniformen?"

Woraufhin einer der beiden mit französischem Akzent sagte, „Mein Name ist Philippe, der Typ hier neben mir hört auf den Namen Pierre. Wir sind ehemalige Fremdenlegionäre, unser Spezialgebiet ist die Aufklärung. Pierre kann aber auch gut mit Sprengstoff umgehen."

Der Killer schaute Pierre daraufhin an und fragte, „Kann Pierre auch sprechen?"

„No mon Colonel."

„Warum nicht?"

„Weil ihm während einer Gefangennahme in Afghanistan von den Taliban die Zunge rausgeschnitten wurde."

„Verstehe. Okay, doch bevor ich euch unsere Mission erkläre, muss ich noch einen Anruf tätigen." Der Killer holte sein Telefon raus und wählte eine Nummer, wobei sich am anderen Ende kurz darauf eine Frauenstimme meldete. „Was gibt es?"

„Als Erstes wüsste ich gerne, warum ich von der Polizei mit einem Ticket für falsch Parken in Vancouver konfrontiert wurde? Ich hatte dir doch eindeutige Anweisungen gegeben." antwortete der Killer genervt.

„Willst du mich verarschen? Das habe ich auch gemacht. Natürlich kann ich nur die Dinge für dich bereinigen, die du mir aufträgst. Dazu gehörte nicht, mich in den Polizeicomputer zu hacken und zu schauen, ob du irgendwelche Tickets bekommen hast."

„Okay, du hast recht, darum habe ich dich nicht gebeten. Kannst du jemanden für mich aufspüren?"

„Ja natürlich."

„Sein Name ist Matthew Pure; er ist Anwalt und sollte in Begleitung einer Frau sein und sich irgendwo in der Nähe von meinem Standort aufhalten."

„Warte kurz.", antwortete die Frauenstimme euphorisch und meinte kurz darauf, „Habe ihn schon gefunden."

„Wo ist er? Er hat heute Nachmittag im Sunshine Inn eingecheckt und mit seiner Kreditkarte bezahlt. Warte, ich hacke mich mal in die Videoüberwachung des Hotels - er sitzt gerade in Begleitung einer Frau im Restaurant. Ich kann sein Handy für dich tracken?"

„Ja, das wäre super."

„Okay, gib mir ein paar Minuten." Doch bevor der Killer noch darauf antworten könnte, hatte die Stimme am anderen Ende schon wieder aufgelegt. Der Killer schaute in die Runde und sagte zu Pierre und Philippe, „Okay ihr zwei, Fahrt zum Sunshine Inn und wartet dort, bis sich der Anwalt und seine Begleitung wieder auf den Weg machen." Auf einmal klingelt das Telefon des Killers, es war wieder die Frauenstimme. „Alles erledigt; schau auf dein Telefon." Der Killer schaute daraufhin auf sein Telefon und sah, dass sich bereits eine Tracking App geöffnet hatte und ihm nun einen rot blinkenden Punkt anzeigte.

„Gute Arbeit. Wenn ich noch etwas brauche, melde ich mich wieder."

„Alles klar." Nachdem die beiden das Telefonat beendet hatten, wendete sich der Killer wieder Pierre und Philippe zu und sagte, „Wie schon gesagt, ihr zwei postiert euch vor dem Hotel und folgt ihnen, wenn sie dieses wieder verlassen. Aber passt auf, in dem Hotel befindet sich auch eine Polizistin."

Philippe schaute den Killer daraufhin an und sagte mit einer dazu passenden Handbewegung lapidar, „Wenn du willst, können wir die Bullenschlampe kalt machen. Das ist kein Problem für uns."

Woraufhin der Killer nur verständnislos mit dem Kopf schüttelte und sarkastisch antwortete, „Ja natürlich, und gleich die Polizei damit auf den Plan rufen. Hier wird niemand kalt gemacht, bis ich es sage. Und jetzt macht, was ich euch aufgetragen habe." Und so machten sich Pierre und Philippe auf den Weg. Doch an der Tür angekommen, drehte sich Philippe noch einmal um und fragte, „Wie ist eigentlich dein Name?" Der Killer schaute Philippe daraufhin mit einem eiskalten Gesichtsausdruck an und antwortete, „Mich nennt man Diabolo."

Währenddessen saßen Matthew und Lara immer noch im Restaurant. Matthew war gerade im Begriff, sich die Rechnung bringen zu lassen, als sein Telefon klingelte. Es war Francesco.

„Hallo Matthew, sage jetzt nichts. Ich wollte dich nur wissen lassen, dass du nicht allein bist. Luigi und ich sind auf dem Weg zu dir.", und legte wieder auf. „Wer war das?", fragte Lara daraufhin neugierig.

„Niemand. Falsch verbunden." Lara schüttelte daraufhin verständnislos den Kopf, nahm Matthews Hand und sagte, „Ich bin müde und will mich hinlegen. Gibst du mir bitte den Zimmerschlüssel?" Was Matthew dann auch ohne weitere Worte machte. Lt. Jackson hatte unterdessen auch im Restaurant Platz genommen und die beiden beobachtetet. Doch nachdem Lara aufs Zimmer gegangen war, stand sie auf, ging rüber zu Matthew, setzte sich ihm gegenüber an den Tisch und sagte, „Matthew, du bist in großer Gefahr." Woraufhin Matthew sichtlich überrascht antwortete, „Lt. Jackson was machen sie hier?"

„Nicht hier. Wir treffen uns in fünfzehn Minuten draußen. Zirka Fünfhundert Meter von hier befindet sich eine Native Tankstelle. Dort warte ich auf dich.", stand auf und verließ das Restaurant.

Als Matthew kurz darauf Lt. Jackson an der Tankstelle traf, fragte er, „Was soll das alles hier, und wie haben sie mich gefunden?"

Sie nahm seine Hand und antwortete, „Ich bin den Hinweisen gefolgt. Ich war in Connors Büro und nach allem, was ich dort gefunden habe, gehe davon aus, dass er ebenfalls umgebracht wurde."

„Connor ist tot?"

„Ja, und deine Lara ist nicht die, für die du sie hältst."

„Das weiß ich schon."

„Woher?"

„Von Tom."

„Wer zur Hölle ist Tom?"

„Er ist Reporter. John hat ihn mit in den Fall involviert. Ich bin morgen mit ihm und Lara in seiner Hütte am Day Lake verabredet."

„Hast du schon die Akte?"

„Ja. Na ja, besser gesagt, habe ich einen Stick und gehe davon aus, dass sich auf diesem die Akte befindet."

„Hast du nicht nachgeschaut?"

„Natürlich habe ich nachgeschaut. Aber er lässt sich nicht öffnen. Man benötigt dafür ein spezielles Programm."

„Weiß Lara davon?"

„Dass ich den Stick habe, weiß sie."

„Und du denkst, Tom hat dieses Programm."

Matthew fing daraufhin an zu lächeln und sagte, „Ich denke nicht, ich weiß, dass er das Programm zum Öffnen hat."

„Woher?"

„Er hat es mir persönlich gesagt."

„Wann?"

„Heute Nachmittag. Aber kommen wir mal zu Ihnen, Lt. Woher wissen Sie, dass ich hier bin?"

„So, wie du, habe auch ich Kontakte. Übrigens, wenn du dein altes Telefon suchst, es liegt in einem Mülleimer vor einem Hotel in Hope."

„Lt. Jackson wollen sie damit sagen, dass sie mich getrackt haben?"

„Ja. Matthew du bist in großer Gefahr. Die Leute, die hinter dem Stick her sind, schrecken vor nichts zurück."

„Ich werde mich morgen mit Tom treffen und in Erfahrung bringen, was sich auf dem Stick befindet". Danach drehte sich Matthew um und ging zurück ins Hotel. Am nächsten Morgen machten sich Matthew und Lara nach dem Frühstück über den Highway sechzehn auf den Weg zum Day Lake. Nachdem sie bei Broman Lake links in die Forestdale Canyon Rd. eingebogen waren, folgten sie der Schotterpiste. Am

Wegrand stand ein Elch an der Böschung und ließ sich das saftige Gras schmecken. Auf einmal schlug der Weg zwei Haken und führte danach steil bergab bis zur Kreuzung Rose Lake - Cutoff Rd..

„Welche Richtung - rechts oder links?", fragte Lara. Matthew schaute daraufhin auf sein Handy, „Mist."

„Was ist los, Matthew?

„Ich habe keinen Empfang." Lara schaute daraufhin auf ihr Handy, „Ich auch nicht. Aber schau mal, dort drüben ist eine Farm." Und so bogen die beiden rechts ab und fuhren zu der besagten Farm, wo eine junge Frau gerade in ihrem Gemüsegarten werkelte. Nachdem Lara und Matthew ausgestiegen waren, unterbrach die junge Frau ihre Gartenarbeit, kam ihnen entgegen und sagte, „Hi, ich bin Larissa", zeigte auf das Nummernschild an Matthews Wagen und fragte, „Touristen, oder? Ganz schön weit weg von zuhause. Wo wollt ihr denn hin?"

„Wir wollen zum Day Lake. Dort hat ein Freund eine Hütte.", antwortete Matthew.

„Dann kann es sich ja bei deinem Freund nur um Tom handeln. Der ist der Einzige, der auf dieser Seite des Sees eine Hütte hat."

„Ja genau, Tom Nixon."

„Okay, ihr seid schon fast richtig. Der Schotterweg hier vor meinem Haus nennt sich Crow Creek Rd. Diesem folgt ihr bis zum nächsten Abzweig. Dort biegt ihr rechts in die Day Lake Road ein und folgt dieser zu Toms Hütte, wie ihr sie nennt. Ach, und grüßt Tom von mir."

„Danke Larissa, das werde ich machen.", antwortete Matthew, schaute Lara an, die mit erster Mine Larissa zu fixieren schien und sagte, „Lara, kommst du?"

Nachdem Matthew und Lara der Wegbeschreibung von Larissa gefolgt waren, erreichten sie kurz darauf den Abzweig. „Hier muss es sein.", meinte Matthew und bog rechts in den Schotterweg ein. Dieser führte nun den nächsten Kilometer quer durch den Wald. Die Bäume links und rechts des Weges schienen schon sehr alt zu sein, so hoch waren sie. Dann auf einmal endete der Weg abrupt an einer sonnenbeschienen Lichtung vor einem Schlagbaum.

„Von wegen Hütte. Das ist ein richtiges Blockhaus. Komm wir schauen mal, ob er da ist.", meinte Lara, als sie das aus massiven Stämmen gefertigte Haus, welches eine Wohnfläche von zirka einhundert Quadratmetern haben musste, sah. Doch als sie den Jeep verlassen hatten, wurden sie auch schon von einem Mann in olivgrüner Militärhose, graublau kariertem Holzfällerhemd, olivgrünem Boonie Hut und vorgehaltener Schrottflinte, etwas unsanft mit den Worten,

„Das hier ist ein Privatgrundstück; haben Sie das Schild nicht gelesen?", begrüßt.

„Sie müssen Tom sein?"

„Wer will das wissen?"

Matthew, der sich vor Lara nicht anmerken lassen wollte, dass er Tom bereits kannte, antwortete darauf, „Mein Name ist Matthew Pure; wir hatten telefoniert."

Der Mann ging auf Matthew zu, nahm die Flinte runter, hielt ihm augenzwinkernd und lächelnd die Hand hin und meinte, „Du musst schon entschuldigen Matthew, aber hierher verirren sich auch manchmal ein paar finstere Gestalten. Ich bin Tom Nixon."

„DER Tom Nixon? Ich habe deinen letzten Artikel über den Korruptionsskandal im Bostoner Rathaus gelesen.", antwortete Matthew. Was Lara sichtlich gegen den Strich ging, und diese genervt fragte, „Matthew, du weißt noch, weswegen wir hier sind?"

„Ja natürlich weiß ich das, Lara.", holte den Stick aus der Hosentasche und fragte, „Tom, was weißt du hier drüber?" Woraufhin Tom mit einem Lächeln sagte, „Kommt wir gehen rein; dort habe ich die Lösung."

Doch auf dem Weg ins Haus wurden sie auf einmal beschossen. Wobei Matthew einen Streifschuss am Kopf erlitt und sofort zu Boden ging. Tom ging daraufhin in die Hocke, packte ihn am Arm und schleifte ihn ins Haus, verschloss die Tür und sagte zu Lara, die ihm gefolgt war, „Bleib unten.", kroch vorsichtig zum Fenster, schaute nach draußen, holte ein Walki Talki aus der Seitentasche seiner Hose und fragte, „Hast du gesehen, woher die Schüsse kamen?" Worauf eine weibliche Stimme antwortete, „Ja, habe ich. Scheint ein Sniper zu sein, hat seine Position aber schon wieder gewechselt."

„Okay, was machen wir jetzt? Matthew ist verletzt."

„Schwer?"

„Nein, wie es aussieht, nur ein Streifschuss am Kopf." Auf einmal sagte die Stimme „Achtung Tom, vom Wald her nähern sich weitere vier Schützen. Sie versuchen, euch einzukreisen."

„Kannst du sie ausschalten?"

„Ich kann es versuchen, aber bleibt in Deckung." Kurz darauf meldete sich die Stimme erneut, „Tom, einen habe ich erwischt. Die anderen sind erst einmal zurück in den Wald. Ich kann versuchen, sie in Schach zu halten. Wie geht es Matthew? Du musst die beiden wegbringen." Woraufhin sich Tom zu Lara drehte, „Lara, was ist mit Matthew?"

„Er kommt gerade zu sich."

„Was ist passiert?", fragte Matthew und fasste sich dabei an den Kopf. „Ich blute."

„Du hast einen Streifschuss abbekommen. Du und Lara müsst hier weg."

„Aber wie denn? Sobald wir die Hütte verlassen, werden wir erschossen.", antwortete Lara mit aufgeregter Stimme. Tom robbte rüber zum Kamin, schob einen Läufer beiseite, öffnete eine darunter befindliche Klappe und meinte, „Über diesen Weg sollte es funktionieren. Der Tunnel führt direkt zum Schlagbaum, wo euer Auto steht."

„Und was ist, wenn dieses bewacht wird?", warf Lara erneut ein. „Das ist eure einzige Chance.", widersprach Tom. Im selben Moment erhielt Lara eine SMS. Matthew schaute sie an und fragte, „Von wem ist die SMS?"

„Bexter. Er schreibt, ich soll zu dem kleinen Flughafen kommen. Matthew, er meint sicher den, der auf dem Weg hierher lag? Er sagt, ich bin in Gefahr, aber er kann mich mit seinem Flugzeug rausbringen. Außerdem schreibt er, dass er mir alles erklären wird." Matthew schaute Lara daraufhin ungläubig an, was Lara natürlich merkte und sagte, „Hier lies doch selbst". Die Nachricht stammt von Bexters Telefon." Matthew nahm das Telefon und las die Nachricht, schaute danach Tom an und fragte, „Und wie kommst du hier raus Tom?"

Worauf dieser anfing zu grinsen und meinte, „Larissa kann nicht nur super Wegbeschreibungen abgeben. Sie ist auch eine exzellente Schützin und wird mir dabei helfen, die restlichen drei auszuschalten. Wir treffen uns in spätestens einer Stunde am Flughafen. Los, verschwindet jetzt!" Was Lara und Matthew dann auch machten und über die Luke in den beleuchteten Tunnel verschwanden. Als sie kurz darauf wieder in der Nähe des Schlagbaumes auftauchten, sahen sie, dass der Land Rover von Matthew durch einen ankommenden Wagen blockiert wurde. Doch als Matthew sah, wer den Wagen verließ, rief er, „Lt. Jackson, wir sind hier drüben." Als Jackson kurz darauf, bei den beiden in Deckung ging, fragte sie, „Was sind das für Schüsse?"

„Ein Killer Kommando hat Toms Hütte umzingelt. Ich denke, sie wollen das hier." antwortete Matthew und holte dabei den Stick aus der Tasche.

„Wir müssen zum Flughafen. Bexter Collin ist dort und wird uns hier rausbringen. Kommen Sie, wir nehmen ihr Auto." fügte Lara hinzu.

„Nein." Sie nehmen ihren Jeep und ich folge ihnen mit meinem Auto. Denn sollte sich die ganze Sache als Falle herausstellen, habt ihr immer noch mich." Und so stiegen sie in die Autos und machten sich auf den Weg. Tom lag unterdessen immer noch unter starkem Beschuss. Larissa musste zwischendurch ihre Position wechseln, konnte dann aber den Scharfschützen ausschalten. „Tom, ich habe den Scharfschützen erwischt. Jetzt sind es nur noch drei."

„Super Larissa, wir machen es wie in Bengasi. Ich habe schon alles vorbereitet; wir müssen Sie nur ins Haus locken."

„Okay, versuchen wir es."

Kapitel 11

Der Killer lag mit dem Rest seines Teams, welches nun nur noch aus Philippe und Deryl bestand, an der Waldkante. „Ohne Hardy sind wir aufgeschmissen.", meinte Deryl, während er die Gegend nach Larissa absuchte.

„Vergiss Hardy. Wir teilen uns auf und werden die Hütte von zwei unterschiedlichen Seiten angreifen."

„Was ist mit dem anderen Schafschützen mon Colonel?", fragte Philippe daraufhin irritiert.

„Wenn wir unsere Deckung verlassen, wird er versuchen zu feuern und sich verraten. Dann kann Deryl ihn ausknipsen."

Der Killer zeigte in Richtung Hütte und fragte, „Philippe, siehst du den Baum dort drüben?"

„Der direkt neben dem Schuppen?"

„Ja. Auf drei - wir geben dir Feuerschutz."

„Eins, zwei, drei los, woraufhin Philippe die Deckung verließ und unter dem Feuerschutz der anderen beiden rüber zum Schuppen lief. Larissa hätte ihn aus ihrer Position sofort erschießen können, aber das war nicht der Plan. Also feuerte sie stattdessen nur ein paar Salven über seinen Kopf hinweg in Richtung Wald, wo sich die anderen beiden gerade über ihren vermeintlichen Erfolg beglückwünschten. „Konntest du den Scharfschützen ausmachen, Deryl?", fragte der Killer.

„Ja Sir, er liegt auf zwei Uhr. Sobald du dich auf den Weg machst, wird er erneut feuern, und dann werde ich diesen Bastard ausschalten." Doch als der Killer die Deckung verließ und rüber zu Philippe rannte, passierte nichts.

„Was ist los?", fragte Philippe verstört, als der Killer bei ihm ankam.

„Vielleicht haben wir ihn schon mit unserem Sperrfeuer erwischt; los jetzt, rüber zur Hütte. Du von hinten - ich von vorne. Er drehte sich um, nahm sein Walki Talki und teilte Deryl mit, dass sie sich unter dessen Sperrfeuer auf den Weg zur Hütte machen. Dieser eröffnete daraufhin sofort wieder das Sperrfeuer. Als die beiden an der Hütte ankamen, verstummte es allerdings auf einmal. Larissa hatte ihn ausgeschaltet. „Was ist los mon Colonel, warum schießt Deryl nicht mehr?", fragte Philippe übers Walki Talki. „Keine Ahnung. Wie sieht es bei dir da hinten aus?"

„Hier ist kein Eingang."

„Dann komm nach vorne." Nachdem Philippe den Anweisungen gefolgt war, enterten beide die Hütte. Doch drinnen war niemand mehr. Tom hatte die Sprengladungen angebracht und war über den Tunnel verschwunden. Der Killer schaute sich um und sagte, „Durchsuch die anderen Räume."

Larissa beobachtete währenddessen das ganze durch ihr Zielfernrohr, nahm das Walki Talki und sagte, „Die Falle hat zugeschnappt." Im selben Moment gab es eine ohrenbetäubende Explosion, die das Blockhaus in tausend Stücke zerfetzte. Matthew und Lara waren unterdessen am Flughafen angekommen, wo, wie angekündigt, eine Embraer Praetor 600 von Medical Technology auf dem Rollfeld stand. Sie verließen den Jeep und machten sich sofort auf den Weg zum Flugzeug. Lt. Jackson hatte unterdessen Stellung hinter einem der zwei Metallschuppen bezogen und beobachtete die zwei. Doch nachdem sich die Einstiegstür des Flugzeugs öffnete und eine alte grauhaarige Frau in Begleitung zweier, in schwarzen Anzügen gekleideter Männer, das Flugzeug verließ, blieb Lara plötzlich wie angewurzelt stehen. Woraufhin Matthew ebenfalls stehen blieb und erstaunt fragte, „Was ist los Lara, warum bleibst du stehen?" Lara zeigte auf die Frau und sagte, das ist meine Mutter."

„Deine Mutter? Wo zum Teufel ist - Bexter?"

Lara schüttelte nur verständnislos mit dem Kopf und holte, während sie auf ihre Mutter zulief, eine Makarow, die sie am Rücken unter ihrer Bluse versteckt hatte, hervor und schrie, „Du steckst also hinter all dem. Wo ist Bexter, und was hast du mit ihm gemacht?" Als die beiden Männer die Waffe sahen, brachten sie ihre ebenfalls in Anschlag. Doch die alte Frau signalisierte ihnen mit einer Handbewegung sofort, dass sie diese wieder runternehmen sollen und sagte; „Komm mein Kind, wir fliegen nach Hause. Dort werde ich dir alles erklären und dich über deinen Bexter Collin aufklären. Du kannst mir vertrauen." Lara schrie sie daraufhin erneut an, „Mit dir fliege ich nirgendwo hin. Das letzte Mal, als ich dir vertraut habe, bin ich in einer Klapsmühle in der Schweiz gelandet. Was hast du mit Bexter gemacht?"

Die alte Frau schüttelte nur verständnislos mit dem Kopf und sagte, „Du verstehst es nicht, oder? Das habe ich zu deinem Schutz getan; die Eltern des Mädchens wollten Anzeige gegen dich erstatten. und die Schulleitung wollte dich aufgrund der Vorfälle rausschmeißen. Damit hätte sich dein Traum, Laborantin zu werden, erledigt. Das musste ich verhindern. Und dieser Scheißkerl Bexter Collin hat bekommen, was er verdient hat. Er hatte vor, das Virus an irgendwelche kriminellen Subjekte zu verkaufen; das konnte ich nicht zulassen."

„Nicht zulassen?", fragte Matthew.

„Halten Sie die Klappe, junger Mann, zu Ihnen komme ich auch noch.", schrie ihn die Alte daraufhin an, wandte sich wieder Lara zu und fuhr fort, „Und benutzte ihn dazu, dich zu finden. So, und jetzt sage mir, wo der Stick mit der Formel ist?"

„Du hast uns also diese Killer auf den Hals gehetzt? Bevor du mir nicht sagst, was du damit vorhast, werde ich dir einen Scheiß erzählen."

Tom und Larissa waren unterdessen auch am Flughafen angekommen und positionierten sich an der Waldkante, wo Larissa sofort ihr Gewehr in Stellung brachte, die Gegend sondierte und Lt. Jackson entdeckte.

„Tom, auf elf Uhr hinter dem Schuppen."

„Ich sehe sie. Das muss die Polizistin sein, von der Beckmann mir berichtet hat."

„Polizistin?"

„Ja, sie tauchte kurz nach Matthews Besuch in der Bank auf und stellte Fragen?"

„Das heißt, sie gehört zu den Guten?"

„Kann ich noch nicht sagen! Ich behalte sie im Auge und du Matthew und Lara."

Da Lara ihrer Mutter nichts sagen wollte, gab diese einem ihrer Gefolgsleute mit einem Kopfnicken ein Zeichen. Woraufhin dieser zu Matthew ging, ihn packte, in die Kniebeuge trat, dabei auf den Boden drückte und ihm eine Pistole in den Nacken hielt.

Die alte Frau schaute Lara an und sagte, „Willst du, dass er stirbt? Los, sag mir, was ich wissen will du undankbare Göre. Was glaubst du eigentlich, wer dir die letzten Jahre alles finanziert hat; dein Studium in Deutschland, die Wohnung in Hamburg? Sag schon, was glaubst du?" Lara fing daraufhin an zu lachen und antwortete, „Solange du mir nicht sagst, was du mit dem Virus vorhast, erzähle ich dir gar nichts. Du willst ihn erschießen?", dabei zeigte sie auf Matthew und fuhr fort, „Mach doch, er bedeutet mir nichts. Er ist auch nur ein weiterer Scheißkerl, der mich gefickt, betrogen und ausgenutzt hat, um zu bekommen, was er will." Matthew schaute daraufhin Lara an, doch bevor er etwas dazu sagen konnte, meinte Lara, „Was glotzt du so blöde? Denkst du, ich weiß nichts von deinem Treffen mit dieser schwarzen Bullenschlampe und mit Tom. Für wie blöd hältst du mich eigentlich? Tu dir selbst einen Gefallen und sag jetzt nichts."

Larissa hatte natürlich mitbekommen, was passiert war und sagte zu Tom, „Wir müssen was tun. Matthew liegt am Boden und hat eine Pistole im Nacken."

Tom drehte daraufhin sein Fernglas in Richtung Flugzeug und fragte, „Kannst du den Typen mit der Pistole neutralisieren?"

„Na ja, der andere versperrt mir zwar die Sicht. Aber weißt du was, mit dem Baby hier kriege ich sie beide." und drückte ab. Nachdem die beiden Gefolgsleute der Alten getroffen und leblos zu Boden gefallen waren, drehten sich Lara und ihre Mutter suchend nach dem Schützen um. Doch nachdem sie diesen nicht ausmachen konnten, wendete sich Lara ihrer Mutter zu, hielt ihr die Pistole ins Gesicht und sagte, „Du sagst mir jetzt augenblicklich, was du mit dem Virus vorhast oder ich drücke ab."

Die Mutter schaute daraufhin verständnislos ihre Tochter an und antwortete, „Du willst wissen, was ich damit vorhabe? Das kann ich dir sagen. Ich will sie dafür bezahlen lassen, was sie unserer Familie und so vielen anderen von uns angetan haben."

„Wen meinst du mit - Sie?", fragte Lara irritiert. „Diese deutschen Verbrecher meine ich, die Nachkommen dieser Tiere, die Millionen von uns auf dem Gewissen haben. Ich werde dieses Virus über ihre Großstädte ausschütten und dann dabei zusehen, wie sie langsam daran verrecken." Woraufhin Matthew, der zwischenzeitlich wieder aufgestanden war fragte, „Verstehe ich Sie richtig, es geht Ihnen also nur um

Rache? Sie wissen, was man über Rache sagt?" Die alte Frau schaute Matthew daraufhin nur abfällig an, hob ihre Pistole und antwortete, „Ja, dass man sie am besten kalt serviert.", und schoss. Woraufhin Matthew, am Arm getroffen, erneut zu Boden ging und mit schmerzverzerrtem Gesicht antwortete, „Nein. Dass man immer zwei Gräber ausheben muss."

Im selben Augenblick fiel ein zweiter Schuss. Lt. Jackson hatte ihre Deckung verlassen und kam auf das Flugzeug zugelaufen.

Lara schaute ihre Mutter, die nun selbst durch einen Bauchschuss getroffen zu Boden gegangen war, mit Tränen in den Augen an und sagte, „Du bist doch krank. Du bezeichnest die Deutschen als Tiere? Schau dir an, was unsere Leute heute in Palästina und am Gazastreifen anrichten. Aber eines verspreche ich dir; ich werde nicht zulassen, dass du unschuldige Menschen dafür bezahlen lässt, was ihre Vorfahren getan haben."

Woraufhin ihre Mutter, der bereits schwallartig das Blut aus dem Mund lief, unter Schmerzen anfing zu lachen und erwiderte, „Wir - wissen beide - dass du nicht - in der Lage bist - mich zu stoppen.", die Pistole hob, Lara mehrfach in den Bauch schoss und danach leblos zusammensackte. Lt. Jackson hatte mittlerweile das Flugzeug erreicht und kümmerte sich als erstes um

Matthew. Nachdem sie seine Wunde am Arm in Augenschein genommen hatte, sagte sie, „Halb so wild, ist nur ein Streifschuss. Komm, ich helfe dir wieder aufzustehen.", Matthew an seinem gesunden Arm packte und wieder aufhalf.

Tom und Larissa hatten zwischenzeitlich auch ihre Deckung verlassen und waren dabei, die kleine Rollbahn zu überqueren, als sich ein zweites Kleinflugzeug dem Flugplatz näherte, um zu landen. Als das Flugzeug seine Parkposition erreicht hatte, öffnete sich die Ausstiegstür, in der kurz darauf Francesco erschien, auf die tot am Boden liegende Lara, ihre Mutter sowie deren zwei Begleiter schaute und sagte, „Was steigt denn hier für eine Party?" Woraufhin Tom zu ihm ging, die Hand reichte und sagte, „Sie müssen Francesco Zampano sein."

„So ist es. Und mit wem habe ich das Vergnügen?"

„Mein Name ist Tom Nixon."

„Sie sind also Tom." erwiderte Francesco, schaute zu Matthew und fragte, „Alles okay, Junge?"

Matthew schüttelte daraufhin nur verständnislos den Kopf und antwortete, „Ja sicher Francesco, wenn man von der Tatsache absieht, dass mich heute ein Killerkommando töten wollte, ich zweimal angeschossen wurde und immer noch nicht weiß, ob sich auf diesem scheiß Stick wirklich die Formel befindet, und wo das Virus ist."

„Dem können wir abhelfen, nicht wahr Larissa?", meinte Tom daraufhin.

„Klar Tom, kein Problem.", erwiderte Larissa, holte einen Laptop aus ihrem Rucksack und sagte, „Gib mir den Stick Matthew.", was dieser auch sofort machte. Nachdem Larissa die Firewall des Sticks überwunden hatte, konnten sie den darauf befindlichen Dateiordner öffnen. Wodrin sich nicht nur die Formel, sondern auch ein Video von dem Überfall des Labors in China befand. Aus welchem außerdem hervorging, wer die Proben an sich genommen hat."

„Wer ist das?", fragte Lt. Jackson als erste.

„Ich habe keine Ahnung, aber ich gehe davon aus, dass Laras Mutter hinter all dem steckt. Also lass uns mal einen Blick in ihr Flugzeug werfen.", meinte Matthew daraufhin, bestieg das Flugzeug der Mutter und kam kurz darauf mit einem sogenannten Schutzkoffer wieder raus. Nachdem er diesen geöffnet hatte, sah er, dass sich im Inneren vier Ampullen befanden. Wobei jede einen deutschen Städtenamen trug. Lt. Jackson sagte daraufhin, „Schaut euch an, wo sie das Zeug verteilen wollte. Stuttgart, München, Hamburg, Berlin - nahm ihr Handy und meinte kurz darauf, „Das sind Orte in der Nähe von ehemaligen Konzentrationslagern."

„Was machen wir jetzt mit dem Zeug?", fragte Francesco daraufhin."

„Ganz einfach, als erstes rufen wir mal die Cops und erklären ihnen, was passiert ist, und danach informieren wir das kanadische Amt für Seuchenschutz und lassen den Dreck hier abholen. Wenn das passiert ist, fahren wir alle wieder nach Hause." antwortete Lt. Jackson.

Woraufhin Francesco meinte, „Klingt gut, aber dafür braucht ihr mich nicht; komm Luigi, wir fliegen wieder nach Hause.", wandte sich Matthew zu und fragte, „Sollen wir dich mitnehmen, mein Junge?"

Matthew schaute ihn an, schüttelte mit dem Kopf und antwortete, „Nein Francesco, ich bleibe noch hier. Es könnte sein, dass jemand von den Anwesenden hier noch einen Anwalt braucht. Ich melde mich bei dir, sobald ich wieder zu Hause bin." Und so stiegen Francesco und Luigi ins Flugzeug und verschwanden. Nachdem die zwei weg waren, rief Lt. Jackson die Polizei. Als diese zirka zwanzig Minuten später auftauchten und sahen, was passiert war, wurden alle Anwesenden verhört. Gott sei Dank kannte Tom die meisten der Polizisten, und so verlief das ganze etwas unkomplizierter. Natürlich wurde als erstes das Amt für Seuchenschutz in Vancouver informiert. Die schickten sofort einen Beamten mit dem Flugzeug. Als dieser zirka eineinhalb Stunden später auftauchte, übernahm er den Koffer und verschwand wieder.

Nachdem Tom, Larissa, Matthew und Lt. Jackson ihre Aussagen gemacht hatten, konnten sie ebenfalls gehen.

„Was machst du jetzt Tom, nachdem dein Haus in die Luft geflogen ist?", fragte Matthew, während alle bei einem Drink in einer Bar in Burns Lake saßen.

Tom stand daraufhin auf und antwortete „Ich werde jetzt Larissa nach Hause bringen und morgen zurück nach Laguna Beach fliegen. Und was machst du, Matthew?"

Matthew schaute grinsend Lt. Jackson an und sagte, „Als erstes werde ich Lt. Jackson dabei helfen, ihren Job zurückzubekommen und dafür sorgen, dass ihr Boss das bekommt, was er verdient. Danach werde ich zurück in meine Kanzlei fahren und hoffen, dass mein nächster Fall nicht wieder so explosiv ist." Woraufhin alle anfingen zu lachen, ihre Gläser hoben und gemeinschaftlich meinten, „Darauf trinken wir." Nachdem die vier die Bar verlassen hatten, machten sich Lt. Jackson und Matthew wieder auf den Weg nach Seattle. Dort angekommen, kümmerte sich Matthew als erstes darum, die Suspendierung von Lt. Jackson rückgängig zu machen. So dass diese im Anschluss die Akten zu den

Morden an John Melon, Connor McCauley und Bexter Collin schließen konnte. Gegen den Chief wurde von der Dienstaufsicht ein Verfahren wegen Bestechung eingeleitet. Tom kehrte nach Laguna Beach zurück, wo er zwei Wochen später unter dem Titel „excitatio" einen Artikel zu Medical Technology veröffentlichte.

Vielen Dank!